Ein kurzweilig Lesen von
Till Eulenspiegel

Ein kurtzweilig lesen von Dyl

Vlenspiegel geboꝛē vß dem land zū Bꝛunßwick. Wie
er sein leben volbꝛacht hatt. xcvi. seiner geschichten.

Titelseite der Straßburger Ausgabe von 1515

Ein kurzweilig Lesen von

Till Eulenspiegel

aus dem Lande zu Braunschweig
Wie er sein Leben vollbracht hat

49 ausgewählte Geschichten
für heutige Leser aufbereitet von
Jan Müller

Alfa-Veda

Titel des Originals:
»Ein kurtzweilig lesen von Dyl Vlenspiegel
geboren vß dem land zu Brunßwick.
Wie er sein leben volbracht hatt.
xcvi. seiner geschichten.«
Johannes Grüninger, Straßburg, 1515

Hochdeutsche Fassung
in neuer Rechtschreibung und Zeichensetzung
überarbeitet von Jan Müller
Satz und Umschlaggestaltung mit einem
Bild von Walter Trier: Jan Müller
Gesetzt in Janni-Schrift
Druck: Books on Demand GmbH, Norderstedt

Alfa-Veda Verlag, Oebisfelde, 2022
www.alfa-veda.com
ISBN 9783945004852

Die erste Historie sagt:
Wie Eulenspiegel dreimal getauft wurde.

Bei dem Wald Elm im Dorf Kneitlingen im Sachsenland wurde
Eulenspiegel geboren. Seine Mutter schickte ihn zur Taufe in
das Dorf Ampleben und ließ ihn Till Eulenspiegel nennen. Sein
Taufpate war der Burgherr von Ampleben, Till von Ützen.
Ampleben ist das Schloss, das die Magdeburger später als böses Raubschloss zerstörten. Als Eulenspiegel getauft war und
sie das Kind wieder nach Kneitlingen tragen wollten, ging die
Taufpatin mit ihm eilig über einen Steg, der zwischen Kneitlingen und Ampleben über einen Bach führt. Sie hatte aber nach
der Taufe zu viel Bier getrunken, fiel vom Steg in die Lache und
besudelte sich und das Kind so jämmerlich, dass das Kind fast
erstickt wäre.

Die anderen Frauen halfen ihr mit dem Kind wieder heraus,
gingen in ihr Dorf, wuschen das Kind in einem Kessel und
machten es wieder sauber.

So wurde Eulenspiegel an einem Tag dreimal getauft: einmal
in der Kirche, einmal in der schmutzigen Lache und einmal im
Kessel mit warmem Wasser.

Die andre Historie sagt:
Wie Eulenspiegel hinter seinem Vater auf dem Pferd ritt und die Leute seinen Arsch sehen ließ.

Als Eulenspiegel so alt war, dass er stehen und gehen konnte, spielte er viel mit den jungen Kindern. Denn er war munteren Sinnes. Wie ein Affe tummelte er sich auf den Kissen und im Gras so lange, bis er drei Jahre alt war. Da beklagten sich die Nachbarn bei seinem Vater Claus, sein Sohn Till sei ein Schalk. Der Vater nahm sich den Sohn vor und sprach: »Wie geht das zu, dass alle Nachbarn sagen, du seist ein Schalk?«

Eulenspiegel sagte: »Lieber Vater, ich tue niemandem etwas, das will ich dir beweisen. Setz dich auf dein Pferd, und ich will mich hinter dich setzen und still mit dir durch die Gassen reiten. Dennoch werden sie über mich lügen und sagen, was sie wollen. Gib nur acht!« Das tat der Vater und nahm ihn hinter sich aufs Pferd. Da hob sich Eulenspiegel hinten auf, ließ die Leute seinen Arsch sehen und setzte sich wieder. Die Nachbarn und Nachbarinnen zeigten auf ihn und sprachen: »Schäme dich! Wahrlich, ein Schalk ist das!« Da sagte Eulenspiegel: »Hörst du, Vater, du siehst wohl, dass ich stillschweige und niemandem etwas tue. Dennoch sagen die Leute, ich sei ein Schalk.« Nun setzte der Vater seinen braven Sohn vor sich auf das Pferd. Eulenspiegel saß ganz still, aber er sperrte das Maul auf, grinste die Bauern an und streckte ihnen die Zunge heraus. Die Leute liefen hinzu und sprachen: »Seht an, welch ein Schalk ist das!« Da sagte der Vater: »Du bist wahrlich in einer unglückseligen Stunde geboren. Du sitzest still und schweigst und tust niemandem etwas, und doch sagen die Leute, du seist ein Schalk.«

Die dritte Historie sagt:
Wie Claus Eulenspiegel an die Saale zog und starb, und wie Till auf dem Seil gehen lernte.

Danach zog sein Vater mit ihm und seiner Familie in das magdeburgische Land an den Fluss Saale. Von dort stammte Eulenspiegels Mutter. Bald darauf starb der alte Claus Eulenspiegel. Die Mutter blieb mit dem Sohn in ihrem Dorf, und sie verzehrten, was sie hatten, bis die Mutter arm wurde.

Eulenspiegel war schon 16 Jahre alt und wollte doch kein Handwerk lernen. Aber er tummelte sich und lernte mancherlei Gauklerei.

Eulenspiegels Mutter wohnte in einem Haus, dessen Hof an die Saale ging, und Eulenspiegel begann, auf dem Seil zu tanzen. Zuerst auf dem Dachboden des Hauses, weil er es vor der Mutter nicht tun wollte. Denn sie drohte, ihn deshalb zu schlagen.

Einmal erwischte sie ihn auf dem Seil, nahm einen großen Knüppel und wollte ihn herunterschlagen. Da floh er aus einem Fenster, lief aufs Dach und setzte sich dort oben hin, sodass sie ihn nicht erreichen konnte.

Als er älter wurde, zog er das Seil von seiner Mutter Hinterhaus über die Saale in ein Haus gegenüber.

Viele Leute sahen das Seil, kamen herbei und wollten ihn darauf laufen sehen; denn sie waren neugierig auf das seltsame Spiel und was er Wunderliches treiben wollte.

Als nun Eulenspiegel auf dem Seil war, bemerkte es seine Mutter, schlich heimlich im Haus auf den Boden, wo das Seil angebunden war, und schnitt es entzwei.

Da fiel Eulenspiegel unter großem Spott ins Wasser und badete tüchtig in der Saale.

Die Bauern lachten, und die Jungen riefen ihm nach: »Hehe, bade nur wohl aus! Du hast lange nach dem Bade verlangt!«

Das verdross Eulenspiegel sehr. Das Bad machte ihm nichts aus, wohl aber das Spotten und Rufen der Buben. Und er überlegte, wie er ihnen das wieder heimzahlen konnte.

Die vierte Historie sagt:
Wie Eulenspiegel den Jungen zweihundert Paar Schuhe abschwatzte und sich alle in die Haare gerieten.

Kurz danach wollte sich Eulenspiegel für den Spott wegen des Bades rächen, zog das Seil aus einem anderen Haus über die Saale und kündigte an, er wolle abermals auf dem Seil gehen. Bald sammelte sich jung und alt, und Eulenspiegel sprach zu den Jungen, jeder solle ihm seinen linken Schuh geben, er wolle ihnen damit ein hübsches Stück auf dem Seil zeigen.

Die Jungen huben an, ihre Schuhe auszuziehen, und gaben sie Eulenspiegel. Es waren beinahe hundertundzwanzig Jungen. Die Hälfte der Schuhe wurde ihm gegeben. Er zog sie auf eine Schnur und stieg damit auf das Seil.

Die Alten und Jungen sahen zu ihm hinauf und meinten, er wolle ein lustig Ding damit tun. Aber ein Teil der Jungen war betrübt, denn sie hätten ihre Schuhe gern wiedergehabt.

Als nun Eulenspiegel auf dem Seil seine Kunststücke machte, rief er auf einmal: »Jeder gebe acht und suche seinen Schuh wieder!«

Damit schnitt er die Schnur entzwei und warf die Schuhe alle auf die Erde, sodass ein Schuh über den anderen purzelte. Die Jungen und Alten stürzten herzu, einer erwischte hier einen Schuh, der andere dort. Der eine sprach: »Der Schuh ist mein!« Der andere sprach: »Du lügst, er ist mein!«

Und sie fielen sich in die Haare und begannen sich zu prügeln. Der eine lag unten, der andere oben; der eine schrie, der andere weinte, der dritte lachte. Das währte so lange, bis auch die Alten Backenstreiche austeilten und sich bei den Haaren zogen.

Derweil saß Eulenspiegel auf dem Seil, lachte und rief: »Hehe, sucht nun eure Schuhe, wie ich kürzlich baden gehen musste!« Und er lief von dem Seil und ließ die Jungen und Alten sich um die Schuhe zanken.

Danach durfte er sich vier Wochen lang nicht mehr sehen lassen. Er saß im Hause bei seiner Mutter und flickte Helmstedter Schuhe. Da freute sich seine Mutter und meinte, es würde mit ihm noch alles gut werden. Aber sie kannte die Geschichte mit den Schuhen nicht und wusste nicht, dass er deswegen nicht wagte, vors Haus zu gehen.

Die fünfte Historie sagt:
Wie ihn die Mutter ermahnte, ein Handwerk
zu lernen, wobei sie ihm helfen wolle.

Eulenspiegels Mutter war froh, dass ihr Sohn so friedlich war, schalt ihn jedoch, dass er kein Handwerk lernen wollte. Er schwieg dazu, aber die Mutter ließ nicht nach, ihn zu schelten.

Schließlich sagte Eulenspiegel: »Liebe Mutter, was immer einer tut, damit verdient er sein Lebtag genug.«

Da sagte die Mutter: »Seit vier Wochen habe ich kein Brot mehr im Haus.«

Doch Eulenspiegel sprach: »Das passt nicht als Antwort auf meine Worte. Ein armer Mann, der nichts zu essen hat, der fastet am Sankt-Nikolaus-Tag, und wenn er etwas hat, so isst er mit Sankt Martin zu Abend. Also essen wir auch.«

Die sechste Historie sagt:
Wie Eulenspiegel in Staßfurt einen Bäcker um einen Sack Brot betrog und es seiner Mutter brachte.

»Lieber Gott, hilf«, dachte Eulenspiegel, »wie soll ich die Mutter beruhigen? Wo soll ich Brot für sie herbekommen?«

Und er ging aus dem Dorf, in dem seine Mutter wohnte, in die Stadt Staßfurt. Dort fand er einen reichen Brotbäcker, ging in den Laden und fragte, ob der Bäcker seinem Herrn für zehn Schillinge Roggen- und Weißbrot schicken wolle. Er nannte den Namen eines bekannten Herrn aus der Gegend und auch die Herberge, in der sein Herr gerade hier zu Staßfurt sei. Der Bäcker solle einen Knaben mit ihm in die Herberge schicken, dort wolle er ihm das Geld geben.

Der Bäcker sagte: »Ja.«

Nun hatte Eulenspiegel einen Sack mit einem verborgenen Loch, in den er sich das Brot zählen ließ, und der Bäcker sandte einen Jungen mit Eulenspiegel, um das Geld zu empfangen.

Als Eulenspiegel einen Armbrustschuss von des Brotbäckers Haus entfernt war, ließ er ein Weißbrot aus dem Loch in den Dreck der Straße fallen. Da setzte er den Sack nieder und sprach zu dem Jungen: »Ach, das besudelte Brot darf ich nicht vor meinen Herrn bringen. Lauf damit rasch wieder zurück und bring mir ein anderes Brot! Ich will hier auf dich warten.«

Der Junge lief hin und holte ein anderes Brot. Inzwischen ging Eulenspiegel weiter in ein Haus der Vorstadt, wo ein Pferdekarren aus seinem Dorf stand. Darauf legte er seinen Sack und ging neben dem Kärrner her, bis er daheim am Haus seiner Mutter war.

Als der Bäckerjunge mit dem Brot wiederkam, war Eulenspiegel mit den Broten verschwunden. Da rannte er zurück
und sagte das dem Bäcker. Der lief sogleich zu der Herberge,
die ihm Eulenspiegel genannt hatte. Doch dort fand er niemanden,
sondern sah, dass er betrogen war.

Eulenspiegel brachte seiner Mutter das Brot nach Hause
und sagte: »Schau her und iss, wenn du etwas hast, und faste
mit Sankt Nikolaus, wenn du nichts hast.«

Die siebte Historie sagt:
Wie Eulenspiegel mit anderen Jungen im Übermaß das Weckbrot essen musste.

In dem Flecken, in dem Eulenspiegel mit seiner Mutter wohnte, herrschte eine Sitte: Wenn ein Hauswirt ein Schwein geschlachtet hatte, gingen die Nachbarskinder in sein Haus und aßen dort eine Suppe oder einen Brei. Das nannte man das Weckbrot.

Nun wohnte in dem Flecken ein Gutspächter, der mit dem Essen geizig war und doch den Kindern das Weckbrot nicht

versagen durfte. Da erdachte er eine List, mit der er ihnen das Weckbrot verleiden wollte.

Er schnitt harte Brotrinden in eine große Milchschüssel. Als die Kinder kamen, darunter auch Eulenspiegel, ließ er sie ein, schloss die Tür zu und begoss das Brot mit Suppe. Der Brotbrocken waren aber viel mehr, als die Kinder essen konnten.

Wenn nun eins satt war und davongehen wollte, kam der Hauswirt und schlug es mit einer Rute um die Lenden, sodass ein jedes im Übermaß essen musste. Und der Hauswirt wusste wohl von Eulenspiegels Streichen, sodass er auf ihn besonders achtgab.

Wenn er einen anderen um die Lenden hieb, so traf er Eulenspiegel noch besser. Das trieb er so lange, bis die Kinder alle Brocken des Weckbrotes aufgegessen hatten. Das bekam ihnen ebenso gut wie dem Hund das Gras.

Danach wollte kein Kind mehr in des geizigen Mannes Haus gehen, um Weckbrot oder Metzelsuppe zu essen.

Die achte Historie sagt:
Wie Eulenspiegel die Hühner des geizigen Bauern dazu brachte, sich um die Köder zu reißen.

Am anderen Tag, da der Mann ausging, so begegnete er Eulenspiegel und fragte ihn: »Lieber Eulenspiegel, wann willst du zu mir kommen zum Weckbrot?«

Da sagt Eulenspiegel: »Wenn sich deine Hühner um die Köder reißen, je vier um einen Bissen Brot.«

Da sprach der Mann: »Dann willst du also lange nicht zu meinem Weckbrot kommen?«

Da sprach Eulenspiegel: »Wenn ich aber eher käme, als fette Suppenzeit wäre«, und ging seines Weges.

Und Eulenspiegel passte die Zeit ab, da des Mannes Hühner auf den Gassen Futter suchten. Da knüpfte er hundert Fäden oder mehr je zwei und zwei in der Mitte zu einem Fadenkreuz zusammen und band an jedes Fadenende einen Bissen Brot und legte die Fäden verdeckt hin, nur die Brotstücke waren zu sehen. Die Hühner pickten nun hier und dort die Brotbissen an den Fäden

und schluckten sie in ihre Hälse, aber sie konnten sie nicht herunterschlucken, denn am anderen Ende zog ein anderes Huhn, sodass je eins das andere zog und konnte auch nicht schlucken oder wieder aus dem Hals bekommen wegen der Größe der Brocken. So standen sich mehr als zweihundert Hühner gegenüber und würgten und zerrten am Köder.

Ein zeit da begab sich
dz Uleſpiegel mit ſeiner muter gieg in ei
dorff uff die kirweiüg vñ Ulẽſpiegel trãck
ſich dz er truncke ward/vñ gieg vñ ſũcht
ei end da er frölich ſchlaffen mocht vñ im niemã nũt tet

Die neunte Historie sagt:
Wie Eulenspiegel in einen Bienenkorb kroch, den zwei Diebe in der Nacht stehlen wollten, bis die beiden sich rauften und den Bienenkorb fallen ließen.

Einmal begab es sich, dass Eulenspiegel mit seiner Mutter zur Kirchweih ging und trank, bis er betrunken wurde. Da suchte er einen Ort, wo er friedlich schlafen könne, und fand hinten in einem Hof einen Haufen Bienenkörbe und viele Bienenstöcke, die leer waren. Er kroch in einen leeren Korb, der am nächsten bei den Bienen lag, und schlief darin von Mittag bis gegen Mitternacht. Seine Mutter meinte, er sei schon nach Hause gegangen, da sie ihn nirgends sehen konnte.

In derselben Nacht aber kamen zwei Diebe und wollten einen Bienenkorb stehlen. Und einer sprach zum anderen: »Ich habe gehört, der schwerste Bienenstock ist auch der beste.«

Also hoben sie die Körbe und Stöcke einen nach dem anderen auf, und der Korb, in dem Eulenspiegel lag, war der schwerste. Da sagten sie: »Das ist der beste Immenstock«, nahmen ihn und trugen ihn von dannen.

Nun erwachte Eulenspiegel und hörte ihre Pläne. Es war so finster, dass einer den anderen kaum sehen konnte. Da griff Eulenspiegel aus dem Korb dem Vorderen ins Haar und riss ihn kräftig daran. Der wurde zornig auf den Hinteren, weil er meinte, dieser hätte ihn am Haar gezogen, und begann, ihn zu beschimpfen. Der Hintermann aber sprach: »Träumst du, oder gehst du im Schlaf? Wie sollte ich dich an den Haaren rupfen? Ich kann doch mit meinen Händen kaum den Immenstock halten!«

Eulenspiegel lachte und dachte: Das Spiel will gut werden! Er wartete, bis sie eine weitere Ackerlänge gegangen waren. Dann riss er den Hinteren auch kräftig am Haar, so dass dieser sein Gesicht schmerzlich verziehen musste. Der Hintermann wurde noch zorniger und sprach: »Ich gehe und trage, dass mir der Hals kracht, und du sagst, ich ziehe dich beim Haar! Du ziehst mich beim Haar, dass mir die Schwarte kracht!«

Der Vordere sprach: »Du lügst dir selbst den Hals voll! Wie sollte ich dich beim Haar ziehen, ich kann doch kaum den Weg vor mir sehen! Auch weiß ich genau, dass du mich beim Haar gezogen hast!«

So gingen sie zankend mit dem Bienenkorb weiter und stritten miteinander. Nicht lange danach, als sie noch im größten Zanken waren, zog Eulenspiegel den Vorderen noch einmal am Haar, sodass sein Kopf gegen den Bienenkorb schlug. Da wurde der Mann so zornig, dass er den Immenstock fallen ließ und blindlings mit den Fäusten nach dem Kopf des Hintermannes schlug. Dieser ließ auch den Bienenkorb los und fiel dem Vorderen in die Haare. Sie taumelten übereinander, entfernten sich voneinander, und der eine wusste nicht, wo der andere blieb. Sie verloren sich zuletzt in der Finsternis und ließen den Immenstock liegen. Nun lugte Eulenspiegel aus dem Korb, und als er sah, dass es noch finster war, schlüpfte er wieder hinein und blieb darin liegen, bis es heller Tag war. Dann kroch er aus dem Bienenkorb und wusste nicht, wo er war.

Die elfte Historie sagt:
Wie sich Eulenspiegel einem Pfarrer verdingt und ihm ein gebratenes Huhn vom Spieß aß.

Im Lande Braunschweig liegt im Stift Magdeburg das Dorf Büddenstedt. Dort kam Eulenspiegel in des Pfaffen Haus. Der Pfaffe dingte ihn als Knecht, kannte ihn aber nicht. Und er sprach zu ihm, er solle gute Tage und einen guten Dienst bei ihm haben; und essen solle er das Beste, ebenso gut wie seine Haushälterin. Alles, was er tun müsse, könne er mit halber Arbeit tun.

Eulenspiegel sagte ja, er wolle sich danach richten. Und er sah, dass des Pfaffen Köchin nur ein Auge hatte. Die Haushälterin schlachtete gleich zwei Hühner, steckte sie zum Braten an den Spieß und hieß Eulenspiegel, sich zum Herd zu setzen und die Hühner umzuwenden. Eulenspiegel war dazu bereit und wendete die zwei Hühner am Feuer um.

Und als sie gar gebraten waren, dachte er: Als der Pfaffe mich dingte, sagte er doch, ich solle so gut essen und trinken wie er und seine Köchin; das könnte bei diesen Hühnern nicht in Erfüllung gehen; und dann würden des Pfaffen Worte nicht wahr sein, und ich äße auch von den gebratenen Hühnern nicht; ich will so klug sein und davon essen, damit seine Worte wahr bleiben. Und er nahm das eine Huhn vom Spieß und aß es ohne Brot. Als es Essenszeit werden wollte, kam des Pfaffen einäugige Haushälterin zum Feuer und wollte die Hühner beträufeln. Da sah sie, dass nur ein Huhn am Spieß steckte, und sagte zu Eulenspiegel: »Der Hühner waren doch zwei! Wo ist das eine hingekommen?«

Eulenspiegel sprach: »Frau, tut Euer anderes Auge auch auf, dann seht Ihr beide Hühner.«

Als er so über die Köchin wegen ihres einen Auges herzog, wurde sie unwillig und zürnte Eulenspiegel. Sie lief zum Pfaffen und erzählte ihm, wie sein feiner Knecht sie verspottet habe wegen ihres einen Auges. Sie habe zwei Hühner an den Spieß gesteckt, aber nicht mehr als ein Huhn vorgefunden, als sie nachsah, wie er briet. Der Pfaffe ging in die Küche zum Feuer und sprach zu Eulenspiegel: »Was spottest du über meine Magd? Ich sehe sehr gut, dass nur ein Huhn am Spieß steckt, und es sind ihrer doch zwei gewesen.«

Eulenspiegel sagte: »Ja, es sind ihrer zwei gewesen.«

Der Pfaffe sprach: »Wo ist denn das andere geblieben?«

Eulenspiegel sagte: »Das steckt doch da! Tut Eure beiden Augen auf, so seht Ihr, dass ein Huhn am Spieß steckt! Das sagte ich auch zu Eurer Köchin; da wurde sie zornig.«

Da fing der Pfaffe an zu lachen und sprach: »Meine Magd kann nicht beide Augen aufmachen, denn sie hat nur eins.«

Da sprach Eulenspiegel: »Herr, das sagt Ihr, nicht ich.«

Der Pfaffe meinte: »Das ist geschehen, und dabei bleibt es; aber das eine Huhn ist dennoch weg.«

Eulenspiegel sprach: »Nun ja, das eine ist weg und das andere steckt noch. Ich habe das eine gegessen, da Ihr gesagt hattet, ich sollte ebenso gut essen und trinken wie Ihr und Eure Magd. Es tat mir leid, dass Ihr gelogen haben würdet, wenn Ihr die beiden Hühner miteinander gegessen hättet und ich nichts davon bekommen hätte. Damit Ihr an Euren Worten nicht zum Lügner würdet, aß ich das eine Huhn auf.«

Der Pfaffe war damit zufrieden und sprach: »Mein lieber Knecht, es ist mir nicht um einen Braten zu tun; aber künftig tue nach dem Willen meiner Haushälterin, wie sie es gern sieht.«

Eulenspiegel sagte: »Ja, lieber Herr, gewiss, wie Ihr mich heißet.«

Was danach die Haushälterin Eulenspiegel tun hieß, das tat er nur zur Hälfte. Wenn er einen Eimer mit Wasser holen sollte, so brachte er ihn halb voll, und wenn er zwei Stücke Holz fürs Feuer holen sollte, so brachte er ein Stück. Sollte er dem Stier zwei Bunde Heu geben, so gab er ihm nur eins, sollte er ein Maß Wein aus dem Wirtshaus bringen, so brachte er ein halbes. Dergleichen tat er in vielen Dingen. Die Köchin merkte wohl, dass er ihr das zum Verdruss tat. Aber sie wollte ihm selbst nichts sagen, sondern beklagte sich über ihn beim Pfaffen.

Da sagte der Pfaffe zu Eulenspiegel: »Lieber Knecht, meine Magd klagt über dich, und ich bat dich doch, alles zu tun, was sie gern sieht.« Eulenspiegel sprach: »Ja, Herr, ich habe auch nichts anderes getan, als was Ihr mich geheißen habt. Ihr sagtet mir, ich könne Euren Dienst mit halber Arbeit tun. Und Eure Magd sähe gern mit beiden Augen, aber sie sieht doch nur mit einem Auge. Sie sieht nur halb, also tue ich halbe Arbeit.«

Der Pfaffe lachte, aber die Haushälterin wurde zornig und sprach: »Herr, wenn Ihr diesen nichtsnutzigen Schalk länger als Knecht behalten wollt, so gehe ich von Euch fort.«

So musste der Pfaffe seinem Knecht Eulenspiegel gegen seinen Willen den Abschied geben.

Doch verhandelte er mit den Bauern, denn der Messner des Dorfes war kürzlich gestorben. Und da die Bauern einen Messner nicht entbehren konnten, beriet und einigte sich der Pfaffe mit ihnen, dass sie Eulenspiegel zum Messner machten.

Die dreizehnte Historie sagt:
Wie Eulenspiegel in der Ostermesse den Pfarrer und seine Magd dazu brachte, sich mit den Bauern zu raufen und zu schlagen.

Als Ostern nahte, sagte der Pfarrer zu seinem Messner Eulenspiegel: »Es ist hier Sitte, dass die Bauern jeweils in der Osternacht ein Osterspiel aufführen, wie unser Herr aus dem Grabe aufersteht.« Dazu müsse er helfen, denn es sei Brauch, dass die Messner es zurichten und leiten.

Da dachte Eulenspiegel: Wie soll das Marienspiel vor sich gehen mit den Bauern? Und er sprach zum Pfarrer: »Es ist doch kein Bauer hier, der gelehrt ist. Ihr müsst mir Eure Magd dazu leihen. Die kann schreiben und lesen.«

Der Pfarrer sagte: »Ja, ja, nimm nur dazu, wer dir helfen kann, es sei Weib oder Mann; auch ist meine Magd schon mehrmals dabei gewesen.«

Der Haushälterin war das lieb; sie wollte der Engel im Grab sein, denn sie konnte den Spruch dazu auswendig. Da suchte Eulenspiegel zwei Bauern und nahm sie mit sich; er und sie wollten die drei Marien sein. Und Eulenspiegel lehrte den einen Bauern seine Verse auf lateinisch. Der Pfarrer war unser Herrgott und sollte aus dem Grab auferstehen.

Als Eulenspiegel mit seinen zwei Bauern vor das Grab kam – sie waren als Marien angezogen –, sprach die Haushälterin als Engel im Grab ihren Spruch auf lateinisch: »Quem quaeritis? Wen suchet Ihr hier?«

Da sprach der eine Bauer – die vorderste Marie –, wie ihn Eulenspiegel gelehrt hatte: »Wir suchen eine alte, einäugige Pfaffenhure.« Als die Magd hörte, dass sie ihres einen Auges wegen verspottet wurde, ward sie giftig und zornig auf Eulenspiegel, sprang aus dem Grab und wollte ihm mit den Fäusten ins Gesicht hauen. Sie schlug aufs Geratewohl zu und traf den Bauern, sodass ihm ein Auge anschwoll. Als das der andere Bauer sah, schlug auch er mit der Faust drein und traf die Haushälterin am Kopf, dass ihr die Flügel abfielen.

Da das der Pfarrer sah, ließ er die Fahne fallen und kam seiner Magd zu Hilfe. Er fiel dem Bauern ins Haar und raufte sich mit ihm vor dem Grab. Als das die anderen Bauern sahen, liefen sie hinzu, und es entstand ein großes Geschrei. Der Pfaffe lag mit der Köchin unten, die beiden Bauern, die die Marien spielten, lagen auch unten, sodass die Bauern sie auseinanderziehen mussten.

Eulenspiegel aber hatte die Gelegenheit wahrgenommen und sich rechtzeitig davongemacht. Er lief aus der Kirche, ging aus dem Dorf und kam nicht wieder.

Gott weiß, wo sie einen anderen Messner hernahmen!

Die vierzehnte Historie sagt:
Wie Eulenspiegel in Magdeburg verkündete, vom Rathauserker fliegen zu wollen, und wie er die Zuschauer mit Spottreden zurückwies.

Bald nach dieser Zeit kam Eulenspiegel in die Stadt Magdeburg und vollführte dort viele Streiche. Davon wurde sein Name so bekannt, dass man von Eulenspiegel allerhand zu erzählen wusste. Die angesehensten Bürger der Stadt baten ihn, er solle etwas Abenteuerliches und Gauklerisches treiben.

Da sagte er, er wolle das tun und auf das Rathaus steigen und vom Erker herabfliegen. Nun erhob sich ein Geschrei in der ganzen Stadt. Jung und alt versammelten sich auf dem Markt und wollten sehen, wie er flog.

Eulenspiegel stand auf dem Erker des Rathauses, bewegte die Arme und gebärdete sich, als wolle er fliegen. Die Leute standen, rissen Augen und Mäuler auf und meinten tatsächlich, dass er fliegen würde.

Da begann Eulenspiegel zu lachen und rief: »Ich meinte, es gäbe keinen Toren oder Narren in der Welt außer mir. Nun sehe ich aber, dass hier die ganze Stadt voller Toren ist. Und wenn ihr mir alle sagtet, dass ihr fliegen wolltet, ich glaubte es nicht. Aber ihr glaubt mir, einem Toren! Wie sollte ich fliegen können? Ich bin doch weder Gans noch Vogel! Auch habe ich keine Fittiche, und ohne Fittiche oder Federn kann niemand fliegen. Nun seht ihr wohl, dass es erlogen ist.«

Damit kehrte er sich um, lief vom Erker und ließ das Volk stehen. Die einen fluchten, die anderen lachten und sagten: »Ist er auch ein Schalksnarr, so hat er dennoch wahr gesprochen!«

Die siebzehnte Historie sagt:
Wie Eulenspiegel in einem Spital an einem Tag
alle Kranken ohne Arznei gesund machte.

Einmal kam Eulenspiegel nach Nürnberg, schlug große Bekanntmachungen an die Kirchtüren und an das Rathaus an und gab sich als guter Arzt für alle Krankheiten aus. Und da war eine große Zahl kranker Menschen in dem neuen Spital, wo der hochwürdige, heilige Speer Christi mit anderen bemerkenswerten Stücken aufbewahrt ist. Der Spitalmeister wäre einen Teil der kranken Menschen gerne losgeworden und hätte ihnen die Gesundheit wohl gegönnt. Deshalb ging er zu Eulenspiegel, dem Arzt, und fragte ihn, ob er nach den Bekanntmachungen, die er angeschlagen habe, seinen Kranken helfen könne. Es solle ihm wohl gelohnt werden.

Eulenspiegel sprach, er wolle viele seiner Kranken gesund machen, wenn er 200 Gulden anlegen und ihm die zusagen wolle. Der Spitalmeister sagte ihm das Geld zu, wenn er den Kranken hülfe. Eulenspiegel war damit einverstanden: Der Spitalmeister brauche ihm keinen Pfennig zu geben, wenn er die Kranken nicht gesund mache. Das gefiel dem Spitalmeister sehr gut, und er gab ihm 20 Gulden Vorschuss.

Da ging Eulenspiegel ins Spital, nahm zwei Knechte mit sich und fragte einen jeglichen Kranken, welches Gebrechen ihn plage. Und zuletzt, bevor er den Kranken verließ, beschwor er jeden und sprach: »Was ich dir jetzt offenbaren werde, das sollst du als Geheimnis bei dir behalten und niemandem verraten.«

Das schworen ihm dann die Siechen mit großer Beteuerung. Darauf sagte er zu jedem einzelnen: »Wenn ich euch Kranken zur Gesundheit verhelfen und euch auf die Füße bringen soll, kann ich das nur so: Ich muss einen von euch zu Pulver

verbrennen und dies den anderen zu trinken geben. Das muss ich tun! Den Kränksten von euch allen, der nicht gehen kann, werde ich zu Pulver verbrennen, damit ich den anderen damit helfen kann. Um euch alle zu wecken, werde ich den

Spitalmeister nehmen, mich in die Tür des Spitals stellen und mit lauter Stimme rufen: ›Wer da nicht krank ist, der komme sogleich heraus!‹ Das verschlafe nicht! Denn der letzte muss die Zeche bezahlen.«

So sprach er zu jedem allein. Auf diese Rede gab jeglicher wohl acht. Und am angesagten Tage beeilten sie sich mit ihren kranken und lahmen Beinen, weil keiner der letzte sein wollte. Als Eulenspiegel nach seiner Ankündigung rief, begannen sie sofort zu laufen, darunter einige, die in zehn Jahren nicht aus dem Bett gekommen waren. Als das Spital nun leer und alle Kranken heraus waren, begehrte Eulenspiegel von dem Spitalmeister seinen Lohn und sagte, er müsse eilig in eine andere Gegend reisen. Da gab er ihm das Geld mit großem Dank, und Eulenspiegel ritt hinweg.

Aber nach drei Tagen kamen die Kranken alle wieder und klagten über ihre Krankheit. Da fragte der Spitalmeister: »Wie geht das zu? Ich habe ihnen doch den großen Meister hergebracht! Er hat ihnen geholfen, sodass sie alle selbst davongegangen sind.«

Da sagten sie dem Spitalmeister, womit er ihnen gedroht hatte: Wer als letzter zur Tür hinauskäme, wenn er zur festgesetzten Zeit riefe, den wolle er zu Pulver verbrennen. Da merkte der Spitalmeister, dass er von Eulenspiegel betrogen war. Aber der war hinweg, und er konnte ihm nichts mehr antun. Also blieben die Kranken wieder wie zuvor im Spital, und das Geld war verloren.

Die neunzehnte Historie sagt:
Wie sich Eulenspiegel in Braunschweig bei einem Brotbäcker als Bäckergeselle verdingte und Eulen und Meerkatzen buk.

Als Eulenspiegel nach Braunschweig in die Bäckerherberge kam, wohnte nahe dabei ein Bäcker. Der rief ihn in sein Haus und fragte ihn, was er für ein Geselle sei. Er sprach: »Ich bin ein Bäckergeselle.«

Der Brotbäcker sagte: »Ich habe eben keinen Gesellen. Willst du mir dienen?«

Eulenspiegel sagte: »Ja.«

Als er nun zwei Tage bei ihm gewesen war, hieß ihn der Bäcker, am Abend zu backen, denn er konnte ihm bis zum Morgen nicht helfen. Eulenspiegel sprach: »Ja, was soll ich denn backen?« Der Bäcker war ein leicht erregbarer Mann, er wurde zornig und sagte im Spott: »Bist du ein Bäckergeselle und fragst erst, was du backen sollst? Was pflegt man denn zu backen? Eulen oder Meerkatzen!« Und damit legte er sich schlafen.

Da ging Eulenspiegel in die Backstube und machte aus dem Teig nichts als Eulen und Meerkatzen, die ganze Backstube voll, und buk sie. Der Meister stand des Morgens auf und wollte ihm helfen. Doch als er in die Backstube kam, fand er weder Wecken noch Semmeln, sondern lauter Eulen und Meerkatzen. Da wurde der Meister zornig und sprach: »Dass dich das jähe Fieber packe! Was hast du da gebacken?«

Eulenspiegel sagte: »Was Ihr mich geheißen habt, Eulen und Meerkatzen.« Der Bäcker sprach: »Was soll ich nun mit dem Narrenzeug tun? Solches Brot ist mir zu nichts nütze. Ich kann das nicht zu Geld machen.«

Und er ergriff Eulenspiegel beim Hals und sagte: »Bezahl mir meinen Teig!«

Eulenspiegel sprach: »Ja, wenn ich Euch den Teig bezahle, soll dann die Ware mein sein, die davon gebacken ist?«

Der Meister sagte: »Was frage ich nach solcher Ware! Eulen und Meerkatzen kann ich nicht gebrauchen in meinem Laden.«

Also bezahlte Eulenspiegel dem Bäcker seinen Teig, packte die gebackenen Eulen und Meerkatzen in einen Korb und trug sie aus dem Haus in die Herberge »Zum Wilden Mann«.

Und Eulenspiegel dachte bei sich selbst: Du hast oft gehört, man könnte keine so seltsamen Dinge nach Braunschweig bringen, dass man nicht Geld daraus löste. Und es war am Vortage des Sankt-Nikolaus-Abends. Da stellte sich Eulenspiegel mit seiner Ware vor die Kirche, verkaufte alle Eulen und Meerkatzen und löste viel mehr Geld daraus, als er dem Bäcker für den Teig gegeben hatte.

Das wurde dem Bäcker kundgetan. Den verdross das sehr, und er lief vor die Sankt-Nikolaus-Kirche und wollte von Eulenspiegel auch die Kosten für das Holz und für das Backen verlangen.

Aber da war Eulenspiegel gerade hinweg mit seinem Geld, und der Bäcker hatte das Nachsehen.

Die zwanzigste Historie sagt:
Wie Eulenspiegel im Mondschein das Mehl in den Hof siebte.

Eulenspiegel wanderte im Land umher, kam in das Dorf Ül-zen und wurde dort wieder ein Bäckergeselle. Als er nun im Hause eines Meisters war, da richtete der Meister alles her, um zu backen.

Eulenspiegel sollte das Mehl in der Nacht sieben, damit es am Morgen früh fertig wäre. Eulenspiegel sprach: »Meister, Ihr solltet mir ein Licht geben, damit ich beim Sieben sehen kann.«

Der Bäcker sagte zu ihm: »Ich gebe dir kein Licht. Ich habe meinen Gesellen zu dieser Zeit nie ein Licht gegeben. Sie muss-ten im Mondschein sieben; also musst du es auch tun.«

Eulenspiegel sprach: »Haben sie bei Mondschein gesiebt, so will ich es auch tun.« Der Meister ging zu Bett und wollte ein paar Stunden schlafen.

Derweilen nahm Eulenspiegel das Sieb, hielt es zum Fenster hinaus und siebte das Mehl in den Hof, wohin der Mond schien, immer dem Scheine nach. Als der Bäcker des Morgens früh aufstand und backen wollte, stand Eulenspiegel immer noch da und siebte. Da sah der Bäcker, dass Eulenspiegel das Mehl in den Hof siebte, der vom Mehl auf der Erde ganz weiß war.

Da sprach der Meister: »Was, zum Teufel, machst du hier? Hat das Mehl nicht mehr gekostet, als dass du es in den Dreck siebst?«

Eulenspiegel antwortete: »Habt Ihr es mich nicht geheißen, im Mondschein zu sieben ohne Licht? Also habe ich getan.«

Der Brotbäcker sprach: »Ich hieß dich, du solltest sieben bei dem Mondschein.«

Eulenspiegel sagte: »Wohlan, Meister, seid nur zufrieden, es ist beides geschehen: in und beim Mondschein. Und da ist auch nicht mehr verloren als eine Handvoll. Ich will das bald wieder aufraffen, das schadet dem Mehl nur ganz wenig.«

Der Brotbäcker sprach: »Während du das Mehl aufraffst, kann man keinen Teig machen. So wird es zu spät zum Backen.«

Eulenspiegel sagte: »Mein Meister, ich weiß guten Rat. Wir werden so schnell backen wie unser Nachbar. Sein Teig liegt im Backtrog. Wollt Ihr den haben, so will ich ihn sogleich holen und unser Mehl an dieselbe Stelle tragen.«

Der Meister wurde zornig und sprach: »Du wirst den Teufel holen! Geh an den Galgen, du Schalk, und hole den Dieb herein, aber lass mir des Nachbarn Teig liegen!«

»Ja«, sprach Eulenspiegel und ging aus dem Haus an den Galgen. Da lag der Leichnam von einem Dieb, der war herabgefallen. Er nahm ihn auf die Schulter, trug ihn in seines Meisters Haus und sagte: »Hier bringe ich, was am Galgen lag. Wozu wollt Ihr das haben? Ich wüsste nicht, wozu es gut wäre.«

Der Bäcker sprach: »Bringst du sonst nichts mehr?«

Eulenspiegel antwortete: »Wäre mehr da gewesen, hätte ich Euch mehr gebracht. Aber es war nicht mehr da.«

Der Bäcker wurde böse und sprach voller Zorn: »Du hast

das Gericht des Rats bestohlen und seinen Galgen beraubt. Ich werde das vor den Bürgermeister bringen, das sollst du sehen!«

Und der Bäcker ging aus dem Haus auf den Markt, und Eulenspiegel ging ihm nach. Der Bäcker hatte es so eilig, dass er sich nicht umsah und auch nicht wusste, dass Eulenspiegel ihm nachging. Der Bürgermeister stand auf dem Markt. Da ging der Bäcker zu ihm und fing an, sich zu beschweren. Eulenspiegel war behände: Sobald sein Meister, der Bäcker, anfing zu reden, stand Eulenspiegel dicht neben ihm und riss seine beiden Augen weit auf.

Als der Bäcker Eulenspiegel sah, wurde er so wütend, dass er vergaß, worüber er sich beklagen wollte, und sprach ergrimmt zu Eulenspiegel: »Was willst du?«

Eulenspiegel antwortete: »Ich will nur Eure Worte erfüllen: Ihr sagtet, ich sollte sehen, dass Ihr mich vor dem Bürgermeister verklagen würdet. Wenn ich das nun sehen soll, so muss ich die Augen nahe heranbringen, damit ich es auch sehen kann.«

Der Bäcker sprach zu ihm: »Geh mir aus den Augen, du bist ein Schalk!«

Eulenspiegel sagte: »So wurde ich schon oft genannt. Aber säße ich Euch in den Augen, so müsste ich Euch aus den Nasenlöchern kriechen, wenn Ihr die Augen zumacht.«

Da ging der Bürgermeister von ihnen fort und ließ sie beide stehen. Denn er hörte wohl, dass es alles Torheit war. Als Eulenspiegel das sah, lief er zurück und sprach: »Meister, wann wollen wir backen? Die Sonne scheint nicht mehr.«

Und er ging hinweg und ließ den Bäcker stehen.

Die einundzwanzigste Historie sagt:
Wie Eulenspiegel allezeit ein falbes Pferd ritt
und nicht gerne war, wo Kinder waren.

Eulenspiegel war allezeit gern in Gesellschaft. Aber zeit seines Lebens gab es drei Dinge, die er floh.

Erstens ritt er kein graues, sondern immer ein falbes Pferd, trotz des Spottes. Zweitens wollte er nirgends bleiben, wo Kinder waren, denn man beachtete die Kinder wegen ihrer Munterkeit mehr als ihn. Und drittens war er nicht gern bei einem allzu freigebigen Wirt zur Herberge. Denn ein solcher Wirt achtet nicht auf sein Gut und ist gewöhnlich ein Tor. Dort war auch nicht die Gesellschaft, von der Gewinn zu erwarten war usw.

Auch bekreuzigte sich Eulenspiegel alle Morgen vor gesunder Speise, vor großem Glück und vor starkem Getränk. Denn gesunde Speise, das sei doch nur Kraut, so gesund es auch sein möge. Ferner bekreuzigte er sich vor der Speise aus der Apotheke, denn obwohl auch sie gesund sei, sei sie doch ein Zeichen von Krankheit. Und das sei das große Glück: Wenn irgendwo ein Stein vom Dach fiele oder ein Balken vom Haus, pflege man zu sagen: »Hätte ich dort gestanden, so hätte mich der Stein oder der Balken erschlagen. Das war mein großes Glück.«

Solches Glück wollte er gern entbehren. Das starke Getränk sei das Wasser. Denn das Wasser treibe mit seiner Stärke große Mühlräder, auch trinke sich mancher gute Geselle den Tod daran.

Die zweiundzwanzigste Historie sagt: Wie Eulenspiegel sich beim Grafen von Anhalt als Turmbläser verdingte, und wenn Feinde kamen, so blies er sie nicht an, und wenn keine da waren, so blies er sie an.

Nicht lange danach kam Eulenspiegel zum Grafen von Anhalt und verdingte sich bei ihm als Turmbläser. Der Graf hatte viele Feindschaften und hielt deshalb in dem Städtchen und auf dem Schloss zu dieser Zeit viele Reiter und Hofvolk, die man alle Tage speisen musste.

Darüber wurde Eulenspiegel auf dem Turm vergessen, sodass ihm keine Speise gesandt wurde. Und am selben Tage kam es dazu, dass des Grafen Feinde vor das Städtlein und das Schloss ritten, die Kühe nahmen und sie alle hinwegtrieben. Eulenspiegel lag auf dem Turm, sah durch das Fenster und machte keinen Lärm, weder mit Blasen noch mit Schreien.

Als die Nachricht von den Feinden vor den Grafen kam, damit er ihnen mit den Seinen nacheilte, sahen einige, dass Eulenspiegel auf dem Turm im Fenster lag und lachte. Da rief ihm der Graf zu: »Warum liegst du im Fenster und bist still?«

Eulenspiegel rief herab: »Vor dem Essen rufe oder tanze ich nicht gern.«

Der Graf rief ihm zu: »Willst du nicht die Feinde anblasen?«

Eulenspiegel rief zurück: »Ich darf keine Feinde heranblasen, das Feld wird sonst voll von ihnen, und ein Teil ist schon mit den Kühen hinweg. Bliese ich noch mehr Feinde heran, sie schlügen Euch zu Tode.«

Für diesmal blieb es bei den Worten.

Der Graf eilte den Feinden nach und stritt mit ihnen. Und Eulenspiegel wurde erneut mit seiner Speise vergessen. Der Graf kehrte zufrieden zurück: Er hatte seinen Feinden einen Haufen Rindvieh wieder abgenommen. Das schlachteten und zerlegten sie, sotten und brieten. Eulenspiegel dachte auf dem Turm, wie er auch etwas von der Beute erhielte, und gab darauf acht, wann es Essenszeit sein würde. Da fing er an zu rufen und zu blasen: »Feindio, Feindio!«

Der Graf lief mit den Seinen eilends von dem Tisch, auf dem schon das Essen stand. Sie legten ihre Harnische an, nahmen die Waffen in die Hände und eilten sogleich dem Tor zu, um im Feld nach den Feinden Ausschau zu halten.

Dieweil lief Eulenspiegel behänd und schnell vom Turm, kam über des Grafen Tisch und nahm sich von den Tafeln Gesottenes und Gebratenes und was ihm sonst gefiel; dann ging er schnell wieder auf den Turm. Als die Reiter und das Fußvolk hinauskamen, sahen sie keine Feinde und sprachen miteinander. »Der Türmer hat das aus Schalkheit getan«, und zogen wieder heim, dem Tore zu.

Der Graf rief zu Eulenspiegel hinauf: »Bist du unsinnig und toll geworden?«

Eulenspiegel sprach: »Ich bin ohne Arglist. Aber Hunger und Not erdenken manche List.«

Der Graf sagte: »Warum hast du ›Feindio‹ geblasen, obwohl keiner da war?«

Eulenspiegel antwortete: »Weil keine Feinde da waren, musste ich etliche heranblasen.«

Da sprach der Graf: »Der Schalk sitzt dir im Nacken und du heckst lauter Streiche aus. Wenn Feinde da sind, willst du sie nicht anblasen, und wenn keine da sind, so bläst du sie an. Das könnte wohl Verräterei werden!« Und er setzte ihn ab und dingte an seiner Statt einen anderen Turmbläser.

Eulenspiegel musste nun als Fußknecht mit den anderen herauslaufen. Das verdross ihn sehr, und er wäre gern von dannen gegangen, konnte aber mit Anstand nicht ohne weiteres davonkommen.

Wenn sie gegen die Feinde auszogen, so blieb er stets zurück und war immer der letzte zum Tor hinaus. Wenn sie den Streit beendet hatten und wieder heimkehrten, war er immer der erste zum Tor hinein.

Da fragte ihn der Graf, wie er das verstehen sollte: Wenn er mit ihm gegen die Feinde auszöge, so sei er stets der letzte, und wenn man heimzöge, sei er der erste.

Eulenspiegel sprach: »Ihr solltet mir darüber nicht zürnen. Denn wenn Ihr und Euer Hofgesinde schon aßet, saß ich auf dem Turm und hungerte; davon bin ich kraftlos geworden. Soll ich nun der erste an den Feinden sein, so müsste ich die Zeit wieder einholen und besonders eilen, dass ich auch der erste an der Tafel und der letzte beim Aufstehen sei, damit ich wieder stark werde. Dann will ich wohl der erste und der letzte an den Feinden sein.«

»So höre ich wohl«, sprach der Graf, »dass du es nur so lange bei mir aushalten wolltest, als du auf dem Turm saßest?«

Da sagte Eulenspiegel: »Was jedermanns Recht ist, das nimmt man ihm gern.«

Und der Graf sprach: »Du sollst nicht länger mein Knecht sein«, und gab ihm den Laufpass.

Darüber war Eulenspiegel froh, denn er hatte nicht viel Lust, jeden Tag mit den Feinden zu fechten.

Die dreiundzwanzigste Historie sagt: Wie Eulenspiegel sein Pferd mit goldenen Hufeisen beschlagen ließ, die der König von Dänemark bezahlen musste.

Eulenspiegel war ein solcher Hofmann geworden, dass der Ruf seiner Trefflichkeit vor manchen Fürsten und Herren kam und dass man vieles von ihm zu erzählen wusste. Das mochten die Herren und Fürsten wohl leiden und gaben ihm Kleider, Pferde, Geld und Kost.

So kam er auch zu dem König von Dänemark. Der hatte ihn sehr gern und bat ihn, etwas Abenteuerliches zu tun, er wolle ihm auch sein Pferd mit dem allerbesten Hufbeschlag beschlagen lassen. Eulenspiegel fragte den König, ob er seinen Worten glauben könne. Der König bejahte das, wenn er nach seinen Worten täte.

Da ritt Eulenspiegel mit seinem Pferd zum Goldschmied und ließ es mit goldenen Hufeisen und silbernen Nägeln beschlagen. Dann ging er zum König und bat, dass er ihm den Hufbeschlag bezahle. Der König sagte ja und wies den Schreiber an, den Beschlag zu bezahlen.

Nun meinte der Schreiber, es sei ein schlichter Hufschmied zu bezahlen. Aber Eulenspiegel brachte ihn zu dem Goldschmied, und der Goldschmied wollte hundert dänische Mark haben. Der Schreiber wollte das nicht bezahlen, ging hin und sagte das dem König,

Der König ließ Eulenspiegel holen und sprach zu ihm: »Eulenspiegel, was für einen teuren Hufbeschlag ließest du machen? Wenn ich alle meine Pferde so beschlagen ließe, müsste ich bald Land und Leute verkaufen. Das war nicht meine Meinung, dass man das Pferd mit Gold beschlagen ließe.«

Eulenspiegel sagte: »Gnädiger König, Ihr sagtet, es sollte der
beste Hufbeschlag sein, und ich sollte Euern Worten nachkom-
men. Nun dünkt mich, es gebe keinen besseren Beschlag als
von Silber und Gold.«

Da sprach der König: »Du bist mir mein liebster Hofmann,
du tust, was ich dich heiße.«

Und fing an zu lachen und bezahlte die hundert Mark für
den Hufbeschlag.

Da ließ Eulenspiegel die goldenen Hufeisen wieder abreißen,
zog vor eine Schmiede und ließ sein Pferd mit Eisen beschlagen.
Bei dem König blieb er bis zu dessen Tod.

Die siebenundzwanzigste Historie sagt: Wie Eulenspiegel für den Landgrafen von Hessen malte und behauptete, wer unehelich sei, könne das Bild nicht sehen.

Abenteuerliche Dinge trieb Eulenspiegel im Lande Hessen. Nachdem er das Land Sachsen um und um durchzogen hatte und dort so gut bekannt war, dass er sich mit seinen Streichen nicht mehr ernähren konnte, begab er sich in das Land Hessen und kam nach Marburg an des Landgrafen Hof. Und der Herr fragte ihn, was er für ein Abenteurer sei.

Er antwortete: »Gnädiger Herr, ich bin ein Künstler.«

Darüber freute sich der Landgraf, weil er meinte, Eulenspiegel sei ein Artist und verstünde die Alchimie. Denn der Landgraf bemühte sich sehr um die Alchimie. Also fragte er ihn, ob er ein Alchimist sei.

Eulenspiegel sprach: »Gnädiger Herr, nein. Ich bin ein Maler, desgleichen in vielen Landen nicht gefunden wird, da meine Arbeit andere Arbeiten weit übertrifft.«

Der Landgraf sagte: »Lass uns etwas davon sehen!«

Eulenspiegel sprach: »Ja, gnädiger Herr.«

Und er hatte etliche auf Leinen gemalte Bilder, die er in Flandern gekauft hatte; die zog er hervor aus seinem Sack und zeigte sie dem Landgrafen.

Sie gefielen dem Herrn gar wohl, und er sprach zu ihm: »Lieber Meister, was wollt Ihr nehmen, wenn Ihr uns unsern Saal ausmalt mit Bildern von der Herkunft der Landgrafen von Hessen? Und wie sie befreundet waren mit dem König von Ungarn und anderen Fürsten und Herren, und wie lange das bestanden hat? Und wollt Ihr uns das auf das Allerköstlichste machen, so gut Ihr es immer könnt?«

Eulenspiegel antwortete: »Gnädiger Herr, wie mir Euer Gnaden das aufgibt, wird es wohl vierhundert Gulden kosten.«

Der Landgraf sprach: »Meister, macht uns das nur gut! Wir wollen es Euch wohl belohnen und Euch ein gutes Geschenk dazu geben.«

Eulenspiegel nahm den Auftrag also an. Doch musste ihm der Landgraf hundert Gulden Vorschuss geben, damit er Farben kaufen und Gesellen einstellen konnte. Als Eulenspiegel mit drei Gesellen die Arbeit anfangen wollte, bedingte er sich vom Landgrafen aus, dass niemand in den Saal gehen dürfe, während er arbeite, als allein seine Gesellen, damit er in seiner Kunst nicht aufgehalten würde. Das bewilligte ihm der Landgraf.

Nun wurde Eulenspiegel mit seinen Gesellen einig und vereinbarte mit ihnen, dass sie schwiegen und ihn gewähren ließen. Sie brauchten nicht zu arbeiten und sollten dennoch ihren Lohn haben. Ihre größte Arbeit sollte im Brett- und Schachspiel bestehen. Darin willigten die Gesellen ein und waren es zufrieden, dass sie mit Müßiggehen gleichwohl Lohn verdienen sollten.

Es währte ungefähr vier Wochen, bis der Landgraf zu wissen verlangte, was der Meister mit seinen Kumpanen malte und ob es so gut werden würde wie die Proben.

Und er sprach Eulenspiegel an: »Ach, lieber Meister, uns verlangt gar sehr, Eure Arbeit zu sehen. Wir begehren, mit Euch in den Saal zu gehen und Eure Gemälde zu betrachten.«

Eulenspiegel antwortete: »Ja, gnädiger Herr, aber eins will ich Euer Gnaden sagen: Wer mit Euer Gnaden geht und das Gemälde beschaut und nicht ehelich geboren ist, der kann mein Gemälde nicht sehen.«

Der Landgraf sprach: »Meister, das wäre etwas Großes.«

Währenddem gingen sie in den Saal.

Eulenspiegel hatte ein langes leinenes Tuch an die Wand gespannt, die er bemalen sollte. Das zog er ein wenig zurück, zeigte mit einem weißen Stab an die Wand und sprach also: »Seht, gnädiger Herr, dieser Mann, das ist der erste Landgraf von Hessen, ein Columneser aus Rom. Er hatte zur Fürstin und Frau eine Herzogin von Bayern, des reichen Justinians Tochter, der hernach Kaiser wurde. Seht, gnädiger Herr, von dem da wurde erzeugt Adolfus. Adolfus zeugte Wilhelm den Schwarzen. Wilhelm zeugte Ludwig den Frommen und also weiter bis auf Eure Fürstliche Gnaden. Ich weiß fürwahr, dass niemand meine Arbeit tadeln kann, so kunstvoll und meisterlich ist sie und auch von so schönen Farben.«

Der Landgraf sah nichts anderes als die weiße Wand und dachte bei sich selbst: Und wenn ich ein Hurenkind bin, ich sehe nichts anderes als eine weiße Wand. Jedoch sprach er, um den Anstand zu wahren: »Lieber Meister, uns genügt Eure Arbeit wohl. Doch haben wir nicht genug Verständnis dafür, um es richtig zu erkennen.«

Und damit ging er aus dem Saal.

Als der Landgraf zu der Fürstin kam, fragte sie ihn: »Ach, gnädiger Herr, was malt denn Euer freier Maler? Ihr habt es gesehen, wie gefällt Euch seine Arbeit? Ich habe wenig Vertrauen zu ihm, er sieht aus wie ein Schalk.«

Der Fürst sprach: »Liebe Frau, mir gefällt seine Arbeit durchaus und genügt mir.«

»Gnädiger Herr«, sagte sie, »dürfen wir es nicht auch ansehen?«

»Ja, mit des Meisters Willen.«

Die Landgräfin ließ Eulenspiegel zu sich kommen und begehrte auch, das Gemälde zu sehen. Eulenspiegel sprach zu ihr wie zu dem Fürsten: Wer nicht ehelich geboren sei, könne seine Arbeit nicht sehen. Da ging sie mit acht Jungfrauen und einer

Hofnärrin in den Saal. Eulenspiegel zog wieder das Tuch zurück wie vorher und erzählte auch der Gräfin die Herkunft der
Landgrafen, ein Stück nach dem anderen. Aber die Fürstin und

die Jungfrauen schwiegen alle still, niemand lobte oder tadelte das Gemälde. Jede fürchtete sich davor, vom Vater oder von der Mutter her unehelich zu sein. Schließlich hob die Närrin an und sprach: »Liebster Meister, ich sehe nichts von einem Gemälde, und sollte ich all mein Lebtag ein Hurenkind sein.«

Da dachte Eulenspiegel: Das kann nicht gut werden; wenn die Toren die Wahrheit sagen, so muss ich wahrlich wandern. Und er zog die Worte ins Lächerliche.

Indessen ging die Fürstin hinweg und wieder zu ihrem Herrn. Der fragte sie, wie ihr das Gemälde gefallen habe. Sie antwortete ihm: »Gnädiger Herr, es gefällt mir ebenso wie Euer Gnaden. Aber unserer Närrin gefällt es gar nicht. Sie meint, sie sähe auch kein Gemälde, desgleichen unsere Jung-frauen. Ich befürchte, es ist eine Büberei im Spiel.«

Das ging dem Fürsten zu Herzen, und er bedachte, ob er nicht schon betrogen sei. Dennoch ließ er Eulenspiegel sagen, er solle seine Sache vollenden, das ganze Hofgesinde solle seine Arbeit betrachten.

Der Fürst meinte, er könne bei dieser Gelegenheit sehen, wer von seinen Rittersleuten ehelich oder unehelich sei. Die Lehen der Unehelichen seien ihm verfallen. Da ging Eulenspie-gel zu seinen Gesellen und entließ sie. Er forderte noch hundert Gulden von dem Rentmeister, erhielt sie und ging auch davon.

Des anderen Tags fragte der Landgraf nach seinem Maler, aber der war hinweg. Da ging der Fürst in den Saal mit allem seinem Hofgesinde, ob jemand etwas Gemaltes sehen könne. Aber niemand konnte sagen, dass er etwas sähe.

Und da sie alle schwiegen, sprach der Landgraf: »Nun erken-nen wir wohl, dass wir betrogen sind. Mit Eulenspiegel habe ich mich nie befassen wollen, dennoch ist er zu uns gekommen. Die zweihundert Gulden wollen wir zwar verschmerzen. Er aber wird ein Schalk bleiben und muss darum unser Fürstentum meiden.«

Also war Eulenspiegel aus Marburg fortgekommen und
wollte sich künftig mit Malen nicht mehr befassen.

Die achtundzwanzigste Historie sagt: Wie Eulenspiegel zu Prag in Böhmen auf der Hohen Schule mit den Studenten disputierte und wohl bestand.

Eulenspiegel zog nach Böhmen gen Prag, als er von Marburg kam. Zu der Zeit wohnten dort noch gute Christen, und das war vor der Zeit, als Wyclif aus England die Ketzerei nach Böhmen brachte, die durch Johannes Hus weiter verbreitet wurde. Und Eulenspiegel gab sich da aus als großen Gelehrten, der schwere Fragen beantworten könne, auf die andere Gelehrte keine Erklärung abgeben und keine Erwiderung geben könnten. Das ließ er auf Zettel schreiben und schlug sie an die Kirchtüren und Collegien an.

Das begann, den Rektor zu verdrießen. Die Collegaten, Doktoren und Magister mitsamt der ganzen Universität waren übel dran. Sie kamen zusammen, um zu beratschlagen, wie sie Eulenspiegel Fragen aufgäben, die er nicht beantworten könne. Wenn er dann schlecht dastehe, könnten sie mit guter Begründung an ihn herankommen und ihn beschämen. Das wurde unter ihnen so beschlossen und für richtig gehalten. Und sie kamen überein und legten fest, dass der Rektor die Fragen stellen sollte.

Sie ließen Eulenspiegel durch ihren Pedell ausrichten, des anderen Tages zu erscheinen und die Fragen, die man ihm schriftlich gäbe, vor der ganzen Universität zu beantworten, damit er also geprüft und sein Wissen anerkannt würde. Sonst sollte ihm seine Stellung nicht zugestanden werden.

Eulenspiegel antwortete dem Pedell: »Sage deinen Herren, ich will das so tun und hoffe, als ein tüchtiger Mann zu bestehen, wie ich es bisher schon lange getan habe.«

Am anderen Tag versammelten sich alle Doktoren und Gelehrten. Währenddessen kam auch Eulenspiegel und brachte mit sich seinen Wirt, einige andere Bürger und etliche gute Gesellen, um einem Überfall widerstehen zu können, den vielleicht die Studenten gegen ihn planten. Als er in ihre Versammlung kam, hießen sie ihn auf einen Lehrstuhl steigen und auf die Fragen antworten, die ihm vorgelegt würden.

Die erste Frage, die der Rektor an ihn stellte, war, dass er sagen und als wahr erweisen sollte, wie viele Tonnen Wasser im Meer seien. Wenn er die Frage nicht lösen und darauf keinen Bescheid geben könnte, wollten sie ihn als einen ungelehrten Widersacher der Wissenschaft verdammen und bestrafen. Auf diese Frage antwortete Eulenspiegel schlau: »Würdiger Herr Rektor, heißet die Wasser stillstehen, die an allen Enden in das Meer laufen. Dann will ich es Euch messen, beweisen und davon die Wahrheit sagen; und das ist leicht zu tun.«

Dem Rektor war es unmöglich, die Wasser aufzuhalten. Also nahm er von der Frage Abstand und erließ ihm das Messen. Der Rektor stand beschämt da und stellte seine zweite

Frage: »Sage mir, wie viele Tage sind vergangen von Adams Zeiten bis auf diesen Tag?«

Eulenspiegel antwortete kurz: »Nur sieben Tage; und wenn die herum sind, so heben sieben andere Tage an. Das währt bis zum Ende der Welt.«

Dann stellte ihm der Rektor die dritte Frage: »Sage mir sogleich: Wo ist der Mittelpunkt der Welt?«

Eulenspiegel antwortete: »Der ist hier. Diese Stelle ist genau in der Mitte der Welt. Und dass das wahr ist: Lasst es mit einer Schnur nachmessen, und wenn auch nur ein Strohhalm daran fehlt, so will ich Unrecht haben.«

Der Rektor erließ Eulenspiegel lieber die Frage, ehe er es nachmessen ließ.

Dann stellte er ganz im Zorn die vierte Frage an Eulenspiegel und sprach: »Sag an, wie weit ist es von der Erde bis zum Himmel?«

Eulenspiegel antwortete: »Es ist nahe von hier. Wenn man im Himmel redet oder ruft, das kann man hienieden wohl hören. Steigt Ihr hinauf, so will ich hier unten leise rufen; das werdet Ihr im Himmel hören. Und wenn Ihr das nicht hört, so will ich wiederum Unrecht haben.«

Der Rektor musste mit der Antwort zufrieden sein und stellte die fünfte Frage: Wie groß der Himmel sei?

Eulenspiegel antwortete ihm sogleich und sprach: »Er ist tausend Klafter breit und tausend Ellenbogen hoch, da irre ich mich nicht. Wollt Ihr das nicht glauben, so nehmt Sonne, Mond und alle Sterne vom Himmel und messt es gut nach. Ihr werdet finden, dass ich recht habe, obwohl Ihr Euch nicht gern darauf einlassen werdet.«

Was sollten sie sagen? Eulenspiegel gab ihnen über alles Bescheid, sie mussten ihm alle recht geben. Und nachdem er so die Gelehrten mit Schalkheit überwunden hatte, wartete er nicht lange. Denn er befürchtete, sie würden ihm etwas zu trinken geben, wodurch er umkäme. Deshalb zog er den langen Rock aus, wanderte davon und kam nach Erfurt.

Die neunundzwanzigste Historie sagt:
Wie Eulenspiegel in Erfurt einen Esel in einem alten Psalter lesen lehrte.

Eulenspiegel hatte große Eile, nach Erfurt zu kommen, nachdem er in Prag die Schalkheit getan hatte, denn er befürchtete, dass sie ihm nacheilten.

Als er nach Erfurt kam, wo ebenfalls eine recht große und berühmte Universität ist, schlug Eulenspiegel auch dort seine Zettel an. Und die Lehrpersonen der Universität hatten von seinen Listen viel gehört. Sie beratschlagten, was sie ihm aufgeben könnten, damit es ihnen nicht so erginge, wie es denen zu Prag mit ihm ergangen war, und damit sie nicht mit Schande bestanden.

Und sie beschlossen, dass sie Eulenspiegel einen Esel in die Lehre geben wollten, denn es gibt viele Esel in Erfurt, alte und junge. Sie schickten nach Eulenspiegel und sprachen zu ihm: »Magister, Ihr habt gelehrte Schreiben angeschlagen, dass Ihr eine jegliche Kreatur in kurzer Zeit Lesen und Schreiben lehren wollt. Darum sind die Herren von der Universität hier und wollen Euch einen jungen Esel in die Lehre geben. Traut Ihr es Euch zu, auch ihn zu lehren?«

Eulenspiegel sagte ja, aber er müsse Zeit dazu haben, weil es eine des Redens unfähige und unvernünftige Kreatur sei. Darüber wurden sie mit ihm einig auf zwanzig Jahre.

Eulenspiegel dachte: Unser sind drei; stirbt der Rektor, so bin ich frei; sterbe ich, wer will mich mahnen? Stirbt mein Schüler, so bin ich ebenfalls ledig.

Er nahm das also an und forderte fünfhundert Gulden dafür. Und sie gaben ihm etliches Gold im Voraus. Eulenspiegel nahm den Esel und zog mit ihm in die Herberge »Zum Turm«, wo

zu der Zeit ein seltsamer Wirt war. Er bestellte einen Stall allein für seinen Schüler, besorgte sich einen alten Psalter und legte den in die Futterkrippe. Und zwischen jedes Blatt legte er Hafer. Dessen wurde der Esel inne und warf um des Hafers willen die Blätter mit dem Maul herum. Wenn er dann keinen Hafer mehr zwischen den Blättern fand, rief er: »I – A, I – A!« Als Eulenspiegel das bei dem Esel bemerkte, ging er zu dem Rektor und sprach: »Herr Rektor, wann wollt Ihr einmal sehen, was mein Schüler macht?«

Der Rektor sagte: »Lieber Magister, will er die Lehre denn annehmen?«

Eulenspiegel sprach: »Er ist von unmäßig grober Art, und es wird mir sehr schwer, ihn zu lehren. Jedoch habe ich es mit großem Fleiß und vieler Arbeit erreicht, dass er einige Buchstaben und besonders etliche Vokale kennt und nennen kann. Wenn Ihr wollt, so geht mit mir, Ihr sollt es dann hören und sehen.«

Der gute Schüler hatte aber den ganzen Tag gefastet bis gegen drei Uhr nachmittags. Als nun Eulenspiegel mit dem Rektor und einigen Magistern kam, da legte er seinem Schüler ein neues Buch vor. Sobald dieser es in der Krippe bemerkte, warf er die Blätter hin und her und suchte den Hafer. Als er nichts fand, begann er mit lauter Stimme zu schreien: »I – A, I – A!« Da sprach Eulenspiegel: »Seht, lieber Herr, die beiden Vokale I und A, die kann er jetzt schon; ich hoffe, er wird noch gut werden.«

Bald danach starb der Rektor. Da verließ Eulenspiegel seinen Schüler und ließ ihn als Esel gehen, wie ihm von Natur bestimmt war. Eulenspiegel zog mit dem erhaltenen Geld hinweg und dachte: Solltest du alle Esel zu Erfurt klug machen, das würde viel Zeit brauchen. Er mochte es auch nicht gerne tun und ließ es also bleiben.

Die einunddreißigste Historie sagt:
Wie Eulenspiegel mit einem Totenkopf umherzog, die Leute damit berührte und dadurch viele Opfergaben erhielt.

In allen Landen hatte sich Eulenspiegel mit seiner Schalkheit bekannt gemacht. Wo er früher einmal gewesen war, da war er nicht mehr willkommen, es sei denn, dass er sich verkleidete und man ihn nicht erkannte. Schließlich erging es ihm so, dass er sich mit Müßiggang nicht mehr zu ernähren traute, und war doch von Jugend auf guter Dinge gewesen und hatte Geld genug verdient mit allerlei Gaukelspiel.

Als aber seine Schalkheit in allen Landen bekannt wurde und sein Erwerb ausblieb, da bedachte er, was er treiben sollte, um doch mit Müßiggang Geld zu erwerben. Und er nahm sich vor, sich für einen Reliquienhändler auszugeben und mit einer Reliquie im Lande umherzureisen.

Er verkleidete sich zusammen mit einem Schüler in eines Priesters Gestalt und nahm einen Totenkopf und ließ ihn in Silber fassen. Er kam in das Land Pommern, wo sich die Priester mehr an das Saufen halten als an das Predigen.

Und wo dann in einem Dorf Kirchweih oder Hochzeit oder eine andere Versammlung der Landleute war, da machte sich Eulenspiegel an den Pfarrer heran: Er wolle predigen und den Bauern das Heil der Reliquie verkünden, auf dass sie sich damit berühren ließen. Von den frommen Gaben, die er bekäme, wolle er ihm die Hälfte abgeben. Die ungelehrten Pfaffen waren wohl damit zufrieden, wenn sie nur Geld bekamen.

Und wenn das allermeiste Volk in der Kirche war, stieg Eulenspiegel auf den Predigtstuhl und sagte etwas von dem Alten Testament und zog das Neue Testament auch heran mit der Arche und dem goldenen Eimer, darin das Himmelsbrot lag, und sprach dazu, dass es das größte Heiligtum sei. Zwischendurch sprach er vom Haupt des Sankt Brandanus, der ein heiliger Mann gewesen sei. Dessen Haupt habe er da, und ihm sei befohlen worden, damit zu sammeln, um eine neue Kirche zu bauen. Und das dürfe nur mit reinem Gut geschehen.

Bei seinem Leben dürfe er kein Opfergeld nehmen von einer Frau, die eine Ehebrecherin sei. »Und wenn solche Frauen hier sind, so sollen sie stehen bleiben. Denn wenn sie mir etwas opfern wollen und des Ehebruchs schuldig sind, so nehme ich das nicht, und sie werden vor mir beschämt stehen. Danach wisset euch zu richten!«

Und er gab den Leuten das Haupt zu küssen, das vielleicht eines Schmiedes Haupt gewesen war, das er von einem Kirchhof genommen hatte. Dann gab er den Bauern und Bäuerinnen den Segen, ging von der Kanzel und stellte sich vor den Altar. Und der Pfarrer fing an zu singen und mit einer Schelle zu klingeln. Da gingen die bösen mit den guten Weibern zum Altar mit ihren frommen Gaben; sie drängten sich zum Altar, sodass sie keuchten. Und die Frauen mit üblem Leumund, an dem auch etwas Wahres war, die wollten die Ersten sein mit ihrem Opfer.

Da nahm er die Opfergaben von Bösen und von Guten und verschmähte nichts. Und so fest glaubten die einfältigen Frauen an seine listige, schalkhaftige Sache, dass sie meinten: Eine Frau, die stehen geblieben wäre, wäre nicht ehrsam gewesen. Diejenigen Frauen, die kein Geld hatten, opferten einen goldenen oder silbernen Ring.

Jede achtete auf die andere, ob sie auch opferte. Und die geopfert hatten, meinten, sie hätten damit ihre Ehre bestätigt und ihren bösen Ruf hinweggenommen. Auch gab es einige, die zwei oder dreimal opferten, damit das Volk es sehen und sie aus ihrem schlechten Leumund entlassen sollte. Und Eulenspiegel bekam die schönsten Opfergaben, wie es nie zuvor gehört worden war. Wenn er das Opfer genommen hatte, gebot er unter Androhung des Kirchenbannes allen, die geopfert hatten, keinen Frevel mehr zu begehen, denn sie wären jetzt ganz frei davon. Wären etliche von ihnen schuldig gewesen, hätte er kein Opfer von ihnen entgegengenommen.

Also wurden die Frauen allenthalben froh. Und wo Eulenspiegel hinkam, da predigte er und wurde dadurch reich. Die Leute hielten ihn für einen frommen Prediger, so gut konnte er seine Schalkheit verhehlen.

Die zweiunddreißigste Historie sagt:
Wie Eulenspiegel die Stadtwachen in Nürnberg dazu brachte, ihm über einen Steg zu folgen, sodass sie ins Wasser fielen.

Eulenspiegel war erfindungsreich in seinen Schalkheiten. Als er mit dem Totenhaupt weit umhergezogen war und die Leute tüchtig betrogen hatte, kam er nach Nürnberg und wollte da sein Geld verzehren, das er mit der Reliquie gewonnen hatte. Und als er sich eine Zeit lang dort aufgehalten und alle Verhältnisse kennengelernt hatte, konnte er von seiner Natur nicht lassen und musste auch dort eine Schalkheit tun.

Er sah, dass die Stadtwachen in einem Wächterhaus unterhalb des Rathauses im Harnisch schliefen. Eulenspiegel hatte in Nürnberg Weg und Steg genau kennengelernt. Besonders gut hatte er sich den Brückensteg zwischen dem Saumarkt und dem Wächterhaus angesehen. Darüber ist des Nachts schlecht zu wandeln. Denn manche gute Dirne, wenn sie Wein holen wollte, wurde dort belästigt.

Eulenspiegel wartete also mit seinem Streich, bis die Leute schlafen gegangen waren und es ganz still war. Dann brach er aus diesem Steg drei Bohlen und warf sie ins Wasser, genannt die Pegnitz. Und er ging vor das Rathaus, begann zu fluchen und hieb mit einem alten Messer auf das Pflaster, dass das Feuer daraus sprang.

Als die Wächter das hörten, waren sie schnell auf den Beinen und liefen ihm nach. Da Eulenspiegel hörte, dass sie ihm nachliefen, rannte er vor den Wächtern her und nahm die Flucht zu dem Saumarkt hin, die Wächter immer hinter ihm her. Er kam mit knapper Not vor ihnen an die Stelle, wo er die Bohlen herausgebrochen hatte, und behalf sich, so gut er konnte, um über den Steg zu kommen. Und als er hinübergekommen war, rief er mit lauter Stimme: »Hoho, wo bleibt ihr denn, ihr verzagten Bösewichter?« Da das die Wächter hörten, liefen sie ihm eilends und ohne allen Argwohn nach, und jeder wollte der Erste sein. Also fiel einer nach dem anderen in die Pegnitz. Die Lücke im Steg war so eng, dass sie sich an allen Stellen die Mäuler zerschlugen. Da rief Eulenspiegel: »Hoho, lauft ihr noch nicht? Morgen laufet mir weiter nach! Zu diesem Bad wäret ihr morgen noch früh genug gekommen. Du hättest nicht halb so schnell zu jagen brauchen, du wärst noch immer zur rechten Zeit gekommen.«

Also brach sich der eine ein Bein, der andere einen Arm, der dritte schlug sich ein Loch in den Kopf, sodass keiner ohne Schaden davonkam. Als Eulenspiegel diese Schalkheit vollbracht hatte, blieb er nicht mehr lange in Nürnberg, sondern zog wieder weiter. Denn es war ihm nicht lieb, geschlagen zu werden, wenn sein Streich herauskäme: Die Nürnberger würden ihn nicht als Spaß angesehen haben.

Die dreiunddreißigste Historie sagt:
Wie Eulenspiegel in Bamberg um Geld aß.

Als Eulenspiegel von Nürnberg kam, verdiente er mit List einmal Geld in Bamberg. Er war sehr hungrig und kam in einer Wirtin Haus, die hieß Frau Küngine. Sie war eine fröhliche Wirtin und hieß ihn willkommen, denn sie sah an seinen Kleidern, dass er ein seltsamer Gast war.

Als man morgens essen wollte, fragte ihn die Wirtin, wie er es halten möchte: ob er ein vollständiges Frühstück einnehmen oder nur einzelne Kleinigkeiten essen wolle. Eulenspiegel antwortete, er sei ein armer Gesell und bitte sie, ihm etwas um Gottes Lohn zu essen zu geben. Die Wirtin sprach: »Freund, an den Fleisch- und Brotbänken gibt man mir nichts umsonst, ich muss Geld dafür zahlen. Darum muss ich für das Essen auch Geld bekommen.«

Eulenspiegel sagte: »Ach, Frau, es dient auch mir wohl, um Geld zu essen. Um was oder um wie viel soll ich hier essen und trinken?« Die Frau sprach: »An der Herren Tisch um 24 Pfennige, an dem Tisch daneben um 18 Pfennige und mit meinem Gesinde um 12 Pfennige.« Darauf antwortete Eulenspiegel: »Frau, das meiste Geld dient mir am allerbesten.« Und er setzte sich an die Herrentafel und aß sich sogleich satt.

Als er fertig war und gut gegessen und getrunken hatte, sagte er zur Wirtin, sie möge ihn abfertigen; er müsse wandern, denn er habe nicht viel Reisegeld.

Die Frau sprach: »Lieber Gast, gebt mir das Essensgeld, 24 Pfennige, und geht, wohin Ihr wollt, Gott geleite Euch!«

»Nein«, sagte Eulenspiegel. »Ihr sollt mir 24 Pfennige geben, wie Ihr gesagt habt. Denn Ihr spracht, an der Tafel esse man das Mahl um 24 Pfennige. Das habe ich so verstanden, dass ich damit Geld verdienen sollte, und es wurde mir schwer genug. Ich aß, dass mir der Schweiß ausbrach und als ob es Leib und Leben gegolten hätte. Mehr hätte ich nicht essen können. Darum gebt mir meinen sauer verdienten Lohn.«

»Freund«, sprach die Wirtin, »das ist wahr: Ihr habet wohl für drei Mann gegessen. Aber dass ich Euch dafür auch noch lohnen soll, das reimt sich nicht zusammen. Doch ist es mir nicht um diese Mahlzeit zu tun, Ihr mögt damit hinweggehen. Ich gebe Euch aber nicht noch Geld dazu, denn das wäre verloren; doch begehre ich auch kein Geld von Euch. Kommt mir aber nicht wieder her! Denn sollte ich meine Gäste das Jahr über also speisen und nicht mehr Geld einnehmen als von Euch, so müsste ich auf solche Weise von Haus und Hof lassen.«

Da schied Eulenspiegel von dannen und erntete nicht viel Dank.

Die vierunddreißigste Historie sagt:
Wie Eulenspiegel gen Rom zog und den Papst sah, der ihn für einen Ketzer hielt.

Mit durchtriebener Schalkheit war Eulenspiegel reich ausgestattet. Als er nun alle listigen Schelmenstreiche versucht hatte, dachte er an das alte Sprichwort: Geh nach Rom, frommer Mann, komme wieder Nequam (als Nichtsnutz).

Also zog er nach Rom. Dort betrieb er seine Schalkheit auch und nahm Herberge bei einer Witwe. Die sah, dass Eulenspiegel ein schöner Mann war, und fragte ihn, woher er komme. Eulenspiegel sagte, er sei aus dem Lande Sachsen und ein Osterling. Nach Rom sei er gekommen, um mit dem Papst zu sprechen.

Da sagte die Frau: »Freund, den Papst mögt Ihr wohl sehen können, aber ob Ihr mit ihm reden könnt, dass weiß ich nicht. Ich bin hier geboren und erzogen und stamme von den obersten Geschlechtern, aber ich habe noch nie mit ihm sprechen können. Wie wolltet Ihr denn das so bald zuwege bringen? Ich gäbe wohl hundert Dukaten darum, dass ich mit ihm reden könnte.«

Eulenspiegel antwortete: »Liebe Wirtin, wenn ich die Gelegenheit finde, Euch vor den Papst zu bringen, sodass Ihr mit ihm reden könnt, wollt Ihr mir dann die hundert Dukaten geben?«

Die Frau war eilfertig und gelobte ihm die hundert Dukaten bei ihrer Ehre, wenn er das zuwege bringe. Aber sie meinte, es sei ihm unmöglich, solches zu tun, denn sie wusste wohl, dass es viel Mühe und Arbeit kosten würde.

Eulenspiegel sprach: »Liebe Wirtin, wenn es nun also geschieht, so begehre ich die hundert Dukaten.«

Sie sagte »ja«, aber sie dachte: Du bist noch nicht vor dem Papst.

Eulenspiegel wartete, denn alle vier Wochen einmal musste der Papst eine Messe lesen in der Kapelle, die da heißt Jerusalem zu Sankt Johannis Lateranen. Als nun der Papst die Messe las, drängte sich Eulenspiegel in die Kapelle und so nahe wie möglich an den Papst heran. Als dieser die Stillmesse hielt, kehrte Eulenspiegel dem Sakrament den Rücken. Das sahen die Kardinäle. Und als der Papst den Segen über den Kelch sprach, da kehrte sich Eulenspiegel abermals um. Als nun die Messe zu Ende war, sagten die Kardinäle zum Papst, dass ein schöner Mann bei der Messe gewesen sei, der während der Stillmesse seinen Rücken gegen den Altar gekehrt habe.

Der Papst sprach: »Es ist notwendig, dass man das untersucht, denn es geht die heilige Kirche an. Wenn man den Unglauben nicht straft, ist das Unrecht gegen Gott. Und hat der Mensch solches getan, so ist zu befürchten, dass er im Unglauben lebt und kein guter Christ ist.«

Und er ordnete an, man solle den Menschen vor ihn bringen.

Die Boten kamen zu Eulenspiegel und sprachen, er müsse vor den Papst kommen. Eulenspiegel ging sogleich mit ihnen vor den Papst. Da fragte der Papst, was er für ein Mann sei. Eulenspiegel antwortete, er sei ein guter Christenmensch. Der Papst fragte weiter, was er für einen Glauben habe. Eulenspiegel sagte, er habe denselben Glauben, den seine Wirtin habe, und nannte sie beim Namen, der wohlbekannt war. Da bestimmte der Papst, dass auch die Frau vor ihn kommen solle.

Der Papst fragte die Frau, was sie für einen Glauben habe. Die Frau antwortete, sie glaube den Christenglauben und was ihr die heilige christliche Kirche gebiete und verbiete. Sie habe keinen anderen Glauben.

Eulenspiegel stand dabei und begann, den Mund listig zum Lachen zu verziehen. Er sprach: »Allergnädigster Vater, du Knecht aller Knechte, denselben Glauben habe ich auch, ich bin ein guter Christenmensch.«

Der Papst sagte: »Warum kehrst du dann dem Altar den Rücken während der Stillmesse?«

Eulenspiegel sprach: »Allerheiligster Vater, ich bin ein armer, großer Sünder und zeihe mich solcher Sünden, dass ich des Altars nicht würdig bin, bis ich meine Sünden gebeichtet habe.«

Damit war der Papst zufrieden, verließ Eulenspiegel und ging in seinen Palast.

Eulenspiegel ging in seine Herberge und mahnte seine Wirtin um die hundert Dukaten; die musste sie ihm geben. Und Eulenspiegel blieb Eulenspiegel nach wie vor und wurde durch die Romfahrt nicht viel gebessert.

Die vierzigste Historie sagt:
Wie Eulenspiegel einem Schmied Hämmer,
Zangen und anderes zusammenschmiedete.

Es ging dem Winter entgegen, und der Winter war kalt. Es fror hart, und dazu kam eine teure Zeit, sodass viele Dienstleute ohne Arbeit waren. Und auch Eulenspiegel hatte kein Geld mehr zu verzehren. Da wanderte er weiter und kam in ein Dorf, wo ein Schmied wohnte. Der nahm ihn als Schmiedegeselle auf.

Eulenspiegel hatte zwar keine große Lust, dort als Schmiedegeselle zu bleiben; doch der Hunger und des Winters Not zwangen ihn dazu. Er dachte: Halte aus, was du aushalten kannst; so lange, bis der Finger wieder in die lockere Erde geht, tu, was der Schmied will.

Der Schmied wollte ihn wegen der teuren Zeit nicht gern aufnehmen. Da bat Eulenspiegel den Schmied, dass er ihm zu arbeiten gebe. Er wolle alles tun, was der Schmied wolle, und dazu essen, was sonst niemand essen wolle.

Der Schmied war ein geiziger Mann, dazu spottlustig. Er dachte: Nimm ihn auf, versuche es mit ihm acht Tage lang, in dieser Zeit kann er dich nicht arm essen.

Des Morgens begannen sie zu schmieden. Der Schmied trieb Eulenspiegel heftig an, mit dem Hammer und mit den Bälgen zu arbeiten, bis es Mittag und Zeit zum Essen wurde.

Im Hof hatte der Schmied einen Abtritt. Als sie zu Tisch gehen wollten, nahm der Schmied Eulenspiegel, führte ihn zum Abtritt in den Hof und sagte dort zu ihm: »Sieh her, du sprachst, du wolltest essen, was niemand essen wolle, damit ich dir zu arbeiten gebe. Dies mag niemand essen, das iss du nun alles!«

Und er ging in das Haus, aß etwas und ließ Eulenspiegel bei dem Abtritt stehen.

Eulenspiegel schwieg still und dachte: Du hast dich verrannt, du hast solches und Böseres vielen anderen Leuten getan. Mit dem Maße wird dir nun wieder gemessen. Doch wie willst du ihm das heimzahlen? Denn heimgezahlt muss es werden, und wäre der Winter noch so hart.

Eulenspiegel arbeitete allein bis an den Abend. Da gab der Schmied ihm etwas zu essen, denn er hatte den Tag über gefastet. Und es ging ihm nicht aus dem Kopf, dass der Schmied ihn zum Abort gewiesen hatte.

Als Eulenspiegel zu Bett gehen wollte, sprach der Schmied zu ihm: »Steh morgen auf, die Magd soll den Blasebalg ziehen, und schmiede eins nach dem anderen, was du hast, und haue Hufnägel ab, solange bis ich aufstehe.«

Da ging Eulenspiegel schlafen. Und als er aufstand, dachte er, er wolle es ihm heimzahlen, und sollte er bis an die Knie im Schnee laufen.

Er machte ein heftiges Feuer, nahm die Zange, schweißte sie an den Sandlöffel und fügte sie so zusammen. Desgleichen tat er mit zwei Hämmern, dem Feuerspieß und dem Speerhaken. Dann nahm er das Gefäß, in dem die Hufnägel lagen, schüttete sie heraus, hieb ihnen die Köpfe ab und legte die Köpfe zusammen und die Stifte ebenfalls. Als er hörte, dass der Schmied aufstand, nahm er seinen Schurz und ging hinweg.

Der Schmied kam in die Werkstatt und sah, dass den Hufnägeln die Köpfe abgehauen und Hämmer und Zangen und anderes Werkzeug zusammengeschmiedet waren. Da wurde er sehr zornig und rief die Magd, wo der Geselle hingegangen sei. Die Magd sagte, er sei vor die Tür gegangen. Der Schmied fluchte und sprach: »Er ist gegangen als ein niederträchtiger Schalk. Wüsste ich, wo er außerhalb des Ortes ist, ich wollte ihm nachreiten und ihm einen guten Schlag in das Genick geben.«

Die Magd sagte: »Er schrieb etwas über die Tür, als er wegging. Es ist ein Antlitz, das sieht aus wie eine Eule.«

Denn Eulenspiegel hatte diese Gewohnheit: wo er eine Büberei tat und man ihn nicht kannte oder seinen Namen nicht wusste, da nahm er Kreide oder Kohle, malte über die Tür eine Eule und einen Spiegel und schrieb darüber auf Lateinisch: »Hic fuit. – Hier war er.« Und das malte Eulenspiegel auch auf des Schmiedes Tür.

Als der Schmied des Morgens aus dem Haus ging, da fand er das also, wie ihm die Magd gesagt hatte. Aber der Schmied konnte die Schrift nicht lesen. Da ging er zu dem Kirchherrn und bat ihn, dass er mitgehe und die Schrift über seiner Tür lese. Der Kirchherr ging mit dem Schmied vor seine Tür und sah die Schrift und das Gemalte. Da sprach er zum Schmied: »Das bedeutet soviel als: Hier ist Eulenspiegel gewesen.«

Der Kirchherr hatte viel von Eulenspiegel gehört und was dieser für ein Geselle war. Er schalt den Schmied, dass er es ihn nicht habe wissen lassen, weil er doch Eulenspiegel gern gesehen hätte. Da wurde der Schmied böse auf den Kirchherrn und sagte: »Wie sollte ich Euch zu wissen tun, was ich selber nicht wusste? Doch ich weiß nun wohl, dass er in meinem Haus gewesen ist; das sieht man gut an meinem Werkzeug. Aber dass er wiederkommt, daran ist mir wenig gelegen.«

Und er nahm die Kohlenquaste, wischte alles über der Tür aus und sagte: »Ich will keines Schalkes Wappen an meiner Tür haben.«

Da ging der Kirchherr von dannen und ließ den Schmied stehen.

Aber Eulenspiegel blieb aus und kam nicht wieder.

Die neunundvierzigste Historie sagt: Wie Eulenspiegel drei Schneiderknechte von einem Fensterladen fallen ließ und sagte, der Wind habe sie herabgeweht.

Während eines Marktes in Bernburg war Eulenspiegel wohl vierzehn Tage in einer Herberge. Dicht daneben wohnte ein Schneider, der hatte drei Knechte auf einem Laden sitzen, die dort saßen und nähten. Und wenn Eulenspiegel bei ihnen vorbeiging, spotteten sie über ihn oder warfen ihm Fetzen nach. Eulenspiegel schwieg still und wartete auf einen Markttag, an dem der Markt voller Leute war. In der Nacht davor sägte Eulenspiegel die Ladenpfosten unten ab, ließ sie aber auf den untersten Steinen stehn. Des Morgens legten die Schneiderknechte den Laden auf die Pfosten, setzten sich darauf und nähten.

Als nun der Schweinehirt blies, damit jedermann seine Schweine austreiben lasse, da kamen auch des Schneiders Schweine aus seinem Hause, liefen unter das Fenster und begannen, sich an den Ladenpfosten zu reiben. Die Pfosten unter dem Fenster wurden von dem Reiben herausgedrückt, sodass die drei Knechte von dem Fensterladen auf die Gasse purzelten. Eulenspiegel sah sie, und als sie fielen, begann er laut zu rufen: »Seht, seht! Der Wind weht drei Schneider vom Fenster!«

Und er rief so laut, dass man es über den ganzen Markt hörte. Die Leute liefen herzu, lachten und spotteten. Die Knechte schämten sich und wussten nicht, wie sie von dem Fensterladen heruntergekommen waren. Zuletzt wurden sie gewahr, dass die Ladenpfosten angesägt waren, und merkten wohl, dass Eulenspiegel ihnen das angetan hatte. Sie schlugen andere Pfähle ein und wagten nicht mehr, seiner zu spotten.

Die fünfundfünfzigste Historie sagt:
Wie Eulenspiegel in Leipzig eine lebende Katze in ein Hasenfell nähte und sie den Kürschnern in einem Sack als lebenden Hasen verkaufte.

Eulenspiegel konnte sich schnell einen guten Streich ausdenken, was er den Kürschnern in Leipzig am Fastnachtsabend bewies, als sie zusammen ihr Zechgelage abhielten. Diesmal hätten sie gern Wildbret dazu gehabt. Das vernahm Eulenspiegel und ging in seine Herberge. Dort hatte sein Wirt eine schöne, fette Katze. Diese nahm Eulenspiegel unter seinen Rock und bat den Koch um ein Hasenfell, er wolle damit einen hübschen Schelmenstreich ausführen.

Der Koch gab ihm ein Hasenfell, darin nähte Eulenspiegel die Katze ein. Dann zog er Bauernkleider an, stellte sich vor das Rathaus und hielt sein Wildbret so lange unter der Jacke verborgen, bis einer der Kürschner daherkam. Den fragte Eulenspiegel, ob er nicht einen guten Hasen kaufen wolle und ließ ihn den Hasen unter der Jacke sehen. Da einigten sie sich, dass er ihm vier Silbergroschen für den Hasen gab und sechs Pfennige für den alten Sack, in dem der Hase steckte. Den trug der Kürschner in seines Zunftmeisters Haus, wo sie beieinander waren mit großem Lärmen und viel Fröhlichkeit, und sagte, dass er den schönsten lebendigen Hasen gekauft habe, den er seit Jahren gesehen habe. Alle betasteten ihn der Reihe nach.

Da sie nun den Hasen erst zur Fastnacht haben wollten, ließen sie ihn in einem eingezäunten Grasgarten umherlaufen, holten Jagdhunde und wollten Kurzweil bei der Hasenjagd haben.

Als nun die Kürschner zusammenkamen, ließen sie den Hasen los und die Hunde dem Hasen nachlaufen. Da der Hase

nicht schnell laufen konnte, sprang er auf einen Baum, rief: »Miau!« und wäre gern wieder zu Hause gewesen. Als das die Kürschner vernahmen, riefen sie ungestüm: »Kommt, kommt! Lauft schnell, ihr lieben, guten Zunftgenossen! Der uns mit der Katze geäfft hat: schlagt ihn tot!«

Dabei blieb es aber. Denn Eulenspiegel hatte seine Kleider ausgezogen und sich so verändert, dass sie ihn nicht erkannten.

Die siebenundfünfzigste Historie sagt:
Wie Eulenspiegel in Lübeck den Weinzapfer betrog und ihm für eine Kanne Wein eine Kanne Wasser gab.

Eulenspiegel sah sich klüglich vor, als er nach Lübeck kam, und verhielt sich gebührlich, damit er dort niemandem einen Streich spielte, denn es herrschte in Lübeck ein strenges Recht. Nun war zu der Zeit im Ratskeller in Lübeck ein Weinzapfer, der war ein sehr hochmütiger und stolzer Mann. Ihn dünkte, niemand sei so klug wie er. Er war dreist genug, von sich selber zu sagen und von sich sagen zu lassen: Ihn gelüste es, den Mann zu sehen, der ihn betrügen und in seiner Klugheit überlisten könne. Darum war er bei vielen Bürgern unbeliebt.

Als nun Eulenspiegel von diesem Übermut des Weinzapfers hörte, konnte er den Schalk nicht länger verbergen und dachte: Das musst du versuchen, was er kann. Und er nahm zwei Kannen, die beide gleich waren, und goss in eine Kanne Wasser und ließ die andere Kanne leer.

Die Kanne, in der das Wasser war, trug er unter dem Rock verborgen, die leere trug er offen. Mit den Kannen ging er in den Weinkeller und ließ sich ein Maß Wein einmessen. Die Kanne mit dem Wein nahm er unter den Rock, zog die Kanne mit dem Wasser hervor und setzte sie auf die Zapfbank, ohne dass es der Weinzapfer sah. Dann sprach er: »Weinzapfer, was kostet das Maß Wein?«

Der Weinzapfer sagte: »Zehn Pfennige.«

Eulenspiegel sprach: »Der Wein ist mir zu teuer, ich habe nicht mehr als sechs Pfennige, kann ich ihn dafür haben?«

Der Weinzapfer wurde zornig und sagte: »Willst du meinen Ratsherren den Weinpreis vorschreiben? Das ist hier ein Kauf nach festgesetzten Preisen. Wem das nicht gefällt, der lasse den Wein im Ratskeller.«

Eulenspiegel sprach: »Das muss ich wohl lernen. Ich habe sechs Pfennige, wollt Ihr die nicht, so gießt den Wein wieder aus!«

Da nahm der Weinzapfer in seinem Zorn die Kanne und meinte, es sei der Wein. Aber es war das Wasser, und er goss es oben zum Spundloch wieder hinein und sprach: »Was bist du für ein Tor! Lässt dir Wein einmessen und kannst ihn nicht bezahlen!«

Eulenspiegel nahm die Kanne, ging hinaus und sagte: »Ich sehe wohl, dass du ein Tor bist. Es ist niemand so klug, dass er nicht von Toren betrogen würde, auch wenn er ein Weinzapfer ist.«

Und damit ging er hinweg. Die Kanne mit dem Wein trug er unter dem Mantel, und die leere Kanne, in der das Wasser gewesen war, trug er offen.

Die achtundfünfzigste Historie sagt:
Wie man Eulenspiegel in Lübeck henken wollte
und wie er mit behänder Schalkheit davonkam.

Lambrecht, der Weinzapfer, dachte über die Worte nach, die Eulenspiegel sagte, als er den Keller verließ. Er ging hin, nahm sich einen Stadtwächter, lief Eulenspiegel nach und holte ihn auf der Straße ein. Der Wachtmeister griff ihn an, und sie fanden die zwei Kannen bei ihm, die leere Kanne und die Kanne, worin der Wein war. Da klagten sie ihn als Dieb an und führten ihn ins Gefängnis.

Etliche meinten, er habe den Galgen verdient; etliche sprachen, es sei nicht mehr als ein ausgeklügelter Streich, und sie meinten, der Weinzapfer hätte sich vorsehen sollen, denn er habe ja gesagt, dass ihn niemand betrügen könne.

Eulenspiegel habe das nur getan wegen der großen Vermessenheit des Weinzapfers. Aber diejenigen, die Eulenspiegel nicht leiden konnten, sprachen, es sei Diebstahl, er müsse deshalb hängen. So wurde über ihn das Urteil gesprochen: Tod durch den Galgen.

Als der Tag der Urteilsvollstreckung kam und man Eulenspiegel vor die Stadt führen und henken sollte, entstand eine lärmende Unruhe über der ganzen Stadt. Jedermann war zu Ross oder zu Fuß auf der Straße. Der Rat von Lübeck befürchtete, dass er um Freigabe des Gefangenen gebeten und veranlasst werde, Eulenspiegel nicht henken zu lassen.

Etliche wollten sehen, was für ein Ende er nähme, nachdem er ein so abenteuerlicher Mensch gewesen war. Andere meinten, er verstünde etwas von der schwarzen Kunst und würde sich damit befreien. Aber der größte Teil gönnte ihm, dass er frei würde.

Während der Ausfahrt vor die Stadt war Eulenspiegel ganz still und sprach kein Wort, sodass sich jedermann über ihn wunderte und meinte, er sei verzweifelt. Das dauerte bis an den Galgen. Da tat er den Mund auf, rief den ganzen Rat zu sich und bat ihn demütig, ihm eine Bitte zu gewähren. Er wolle weder um Leib noch um Leben bitten noch um Geld oder Gut; weder um sonst eine Wohltat, noch um ewige Messen, ewige Spenden oder ewiges Gedenken; sondern nur um eine geringe Sache, die ohne Schaden zu tun sei und die der ehrbare Rat von Lübeck leichtlich tun könne ohne einen Pfennig Kosten.

Die Ratsherren traten zusammen und gingen zur Seite, um darüber Rat zu halten. Und sie einigten sich, ihm seine Bitte zu gewähren, nachdem er vorher ausdrücklich gesagt hatte, worum er nicht bitten wolle. Manche von ihnen verlangte es sehr zu erfahren, um was er bitten würde. Sie sprachen zu ihm: Seine Bitte solle erfüllt werden, sofern er nichts von den Dingen erbäte, die er ausgenommen habe. Wenn er damit einverstanden sei, so wollten sie ihm seine Bitte gewähren.

Eulenspiegel sprach: »Um die Dinge, die ich vorhin aufgezählt habe, will ich Euch nicht bitten. Wollt Ihr mir aber das halten, worum ich Euch bitte, so bestätigt mir das durch Handschlag!«

Das taten sie alle zusammen und gelobten ihm das mit Hand und Mund.

Da sprach Eulenspiegel: »Ihr ehrbaren Herren von Lübeck! Ihr habt es mir gelobt, und ich bitte um dies: Wenn ich gehenkt worden bin, sollen der Weinzapfer und der Henker drei Tage lang jeden Morgen kommen, und zwar der Weinschenk zuerst und der Henker danach, und mich nüchtern küssen mit dem Mund in den Arsch.«

Da spuckten sie aus und sagten, das sei keine geziemende Bitte.

Eulenspiegel sprach: »Ich halte den ehrbaren Rat von Lübeck für so redlich, dass er hält, was er mir zugesagt hat mit Hand und Mund.«

Sie gingen alle darüber nochmals zu Rate, und aus Gnade und aus anderen zu seinen Gunsten sprechenden Gründen wurde beschlossen, ihn laufen zu lassen. Also reiste Eulenspiegel von dannen nach Helmstedt, und man sah ihn nicht wieder in Lübeck.

Die dreiundsechzigste Historie sagt:
Wie Eulenspiegel ein Brillenmacher wurde und in keinem Land Arbeit bekommen konnte.

Zornig und zwieträchtig waren die Kurfürsten untereinander, sodass kein römischer Kaiser oder König gewählt wurde. Endlich wurde der Graf von Supplinburg von allen Kurfürsten zum römischen König gekoren. Es waren aber auch andere da, die meinten, sie könnten mit Gewalt in das Reich eindringen. So musste sich der neu gekorene König sechs Monate vor Frankfurt legen und warten, ob ihn jemand von dort hinwegschlüge.

Als er nun soviel Volk zu Ross und Fuß beieinander hatte, überlegte Eulenspiegel, was es für ihn da zu tun gäbe: Dahin kommen viele fremde Herren, die lassen mich nicht unbeschenkt; werde ich in den Kreis ihres Gefolges aufgenommen, so stehe ich mich gut. Und er machte sich auf den Weg dorthin. Da zogen die Herren aus allen Landen heran.

Und es begab sich in der Wetterau bei Friedberg, dass der Bischof von Trier mit seinem Gefolge Eulenspiegel auf dem Weg nach Frankfurt begegnete. Weil er seltsam gekleidet war, fragte ihn der Bischof, was er für ein Geselle sei.

Eulenspiegel antwortete: »Gnädiger Herr, ich bin ein Brillenmacher und komme aus Brabant. Aber da ist nichts für mich zu tun; darum wandere ich nach Arbeit. Mit unserem Handwerk steht es schlecht.«

Der Bischof sprach: »Ich glaubte, mit deinem Handwerk müsste es von Tag zu Tag besser werden. Die Leute werden doch von Tag zu Tag kränker und können schlechter sehen, weshalb man vieler Brillen bedarf.«

Eulenspiegel antwortete: »Ja, gnädiger Herr, Euer Gnaden sprechen wahr, aber eine Sache verdirbt unser Handwerk.«

Der Bischof fragte: »Was ist das?«

Eulenspiegel sprach: »Darf ich das sagen, ohne dass Euer Gnaden mir deshalb zürnen?«

»Ja«, sagte der Bischof, »wir sind das wohl gewohnt von dir und deinesgleichen. Sag's nur frei heraus und scheue nichts!«

»Gnädiger Herr, das verdirbt das Brillenmacherhandwerk, und es ist zu befürchten, dass es noch ausstirbt: dass Ihr und andere große Herren, Papst, Kardinal, Bischof, Kaiser, König, Fürst, Rat, Regierer und Richter der Städte und Länder (Gott erbarm's!) zu dieser Zeit durch die Finger sehen, was recht ist, und das nur um des Geldes und der Gaben willen. Aber man findet geschrieben, dass vor alten Zeiten die Herren und Fürsten, soviel es ihrer gab, in den Rechtsbüchern zu lesen und zu studieren pflegten, auf dass niemandem Unrecht geschehe. Dazu brauchten sie viele Brillen, und da ging's unserem Handwerk gut. Auch studierten die Pfaffen damals mehr als jetzt; so gingen die Brillen hinweg. Jetzt sind sie so gelehrt geworden von den Büchern, die sie kaufen, dass sie das auswendig können, was sie für ihre Verhältnisse brauchen. Ihre Bücher aber schlagen sie in vier Wochen nicht mehr als einmal auf. Deshalb ist unser Handwerk verdorben, und ich laufe aus einem Land ins andere und kann nirgends Arbeit finden. Der Niedergang ist so weit verbreitet, dass dies die Bauern auf dem Land auch schon zu tun pflegen und durch die Finger sehen.«

Der Bischof verstand den Text ohne Glosse und sprach zu Eulenspiegel: »Folge uns nach Frankfurt, wir wollen dir unser Wappen und unsere Kleidung geben.«

Das tat Eulenspiegel und blieb bei dem Herrn so lange, bis der Graf als Kaiser bestätigt war. Dann zog er wieder nach Sachsen.

Die fünfundsechzigste Historie sagt:
Wie Eulenspiegel in Wismar Pferdehändler wurde und ein Kaufmann Eulenspiegels Pferd den Schwanz auszog.

Eine listige Schalkheit tat Eulenspiegel einem Pferdekaufmann an der See in Wismar an. Denn dahin kam allezeit ein Pferdehändler, der kaufte kein Pferd, ohne dass er darum feilschte und dann das Pferd beim Schwanze zog. Das tat er auch bei den Pferden, die er nicht kaufte.

Beim Ziehen wollte er merken, ob das Ross lange leben würde, und er merkte es angeblich daran: Stand dem Pferd das lange Haar locker im Schweif, so kaufte er es nicht, weil er glaubte, dass es nicht lange leben würde; stand dem Pferd aber das Haar fest im Schwanz, so kaufte er es, denn er hatte den gewissen Glauben, dass es lange leben und von harter Natur sein würde. Dies war in der ganzen Stadt Wismar allgemeine Meinung, sodass sich jedermann danach richtete.

Das bekam Eulenspiegel zu wissen, und er dachte: Dem musst du eine Schalkheit tun, sei es, was es wolle, damit der Irrtum aus dem Volk kommt. Nun verstand Eulenspiegel ein wenig von der schwarzen Kunst. Er nahm ein Pferd und richtete es mit der schwarzen Kunst so her, wie er es haben wollte. Damit zog er zu Markte und bot das Pferd den Leuten teuer an, damit sie es ihm nicht abkauften. Das tat er so lange, bis der Kaufmann kam, der die Pferde beim Schwanz zog. Dem bot er das Pferd billig an. Der Kaufmann sah wohl, dass das Pferd schön und das Geld wert war, und er ging hinzu und wollte es fest am Schwanz ziehen. Aber Eulenspiegel hatte das so hergerichtet: Sobald der Kaufmann das Roß am Schweif zog, behielt er ihn in der Hand; das sah dann so aus, als ob er dem Pferd den Schwanz ausgezogen habe. Der Pferdehändler stand und wurde kleinlaut, aber Eulenspiegel rief: »Schande über diesen Bösewicht! Seht, liebe Bürger, wie er mir mein Pferd verunstaltet und verdorben hat!«

Die Bürger kamen hinzu und sahen, dass der Kaufmann den Pferdeschweif in der Hand hatte. Das Pferd hatte keinen Schwanz mehr, und der Kaufmann fürchtete sich sehr.

Da mischten sich die Bürger ein und erreichten, dass der Pferdehändler Eulenspiegel zehn Gulden gab und dieser sein Pferd behielt. Und Eulenspiegel zog mit seinem Roß hinweg und setzte ihm den Schweif wieder an.

Der Kaufmann aber zog von dieser Zeit an kein Pferd mehr am Schwanz.

Die sechsundsechzigste Historie sagt:
Wie Eulenspiegel in Lüneburg einem Pfeifendreher eine große Schalkheit antat.

In Lüneburg wohnte ein Pfeifendreher, der ein Landfahrer gewesen und mit dem Zauberstab umhergezogen war. Er saß beim Bier mit zahlreicher Gesellschaft, als Eulenspiegel zu dem Gelage kam.

Da lud der Pfeifendreher Eulenspiegel zu Gast in der Absicht, ihn zum Besten zu haben, und sagte zu ihm: »Komm morgen zu Mittag und iss mit mir, wenn du kannst!«

Eulenspiegel sagte ja und dachte sich nichts bei dem Wort. Er kam am andern Tag und wollte als Gast zu dem Pfeifenmacher gehen. Als er vor die Tür kam, war sie oben und unten zugesperrt, und auch alle Fenster waren geschlossen. Eulenspiegel ging vor der Tür zwei oder dreimal hin und her, so lange, bis es Nachmittag wurde, aber das Haus blieb zu. Da merkte er wohl, dass er betrogen worden war. Er ließ die Sache auf sich beruhen und schwieg still bis zum nächsten Tag.

Da kam Eulenspiegel zu dem Pfeifendreher auf den Markt und sprach zu ihm: »Seht, lieber Mann, wenn Ihr Gäste ladet, pflegt Ihr dann selber auszugehen und die Tür oben und unten zu schließen?«

Der Pfeifenmacher sprach: »Hörtest du nicht, wie ich dich bat? Ich sagte: Komm morgen zu Mittag und iss mit mir, wenn du kannst! Nun fandest du die Tür zugesperrt, da konntest du nicht hineinkommen.«

Eulenspiegel sagte: »Habt Dank dafür, das wusste ich noch nicht, ich lerne noch alle Tage.«

Der Pfeifenmacher lachte und sprach: »Ich will es mit dir nicht übertreiben. Geh nun hin, meine Tür steht offen! Du findest Gesottenes und Gebratenes beim Feuer. Geh schon vor, ich komme dir nach! Du sollst allein sein, ich will keinen Gast außer dir haben.«

Eulenspiegel dachte: Das wird gut. Und er ging schnell zu des Pfeifenmachers Haus und fand es so, wie dieser ihm gesagt hatte. Die Magd wendete den Braten, und die Frau ging umher und richtete an. Als Eulenspiegel ins Haus kam, sagte er zu der Frau, sie solle eilends mit ihrer Magd zu ihrem Mann kommen. Dem sei ein großer Fisch geschenkt worden, ein Stör, den sollten sie ihm heimtragen helfen. Er wolle solange den Braten wenden.

Die Frau sagte: »Ja, lieber Eulenspiegel, tut das, ich will mit der Magd gehen und schnell wiederkommen.«

Eulenspiegel sprach: »Geht nur rasch!«

Die Frau und die Magd eilten zum Markt. Der Pfeifendreher traf sie unterwegs und fragte sie, was sie zu laufen hätten. Sie sprachen, Eulenspiegel sei in das Haus gekommen und habe gesagt, dem Hausherrn sei ein großer Stör geschenkt worden, den sollten sie heimtragen helfen. Der Pfeifenmacher wurde zornig und sprach zu der Frau: »Konntest du nicht im Hause bleiben? Er hat das nicht umsonst getan, dahinter steckt eine Schalkheit.«

Inzwischen hatte Eulenspiegel das Haus oben und unten zugeschlossen, ebenso alle Fenster. Als der Pfeifendreher mit seiner Frau und der Magd vor das Haus kamen, fanden sie die Türe zu. Da sprach er zu seiner Frau: »Nun siehst du wohl, was für einen Stör du holen solltest!«

Und sie klopften an die Tür. Eulenspiegel ging an die Tür und sagte: »Lasset Euer Klopfen, ich lasse niemanden ein! Der Hausherr hat mir befohlen und zugesagt, ich solle allein hierinnen sein, er wolle keinen anderen Gast haben als mich. Geht nur weg und kommt nach dem Essen wieder!«

Der Pfeifenmacher sprach: »Das ist wahr, ich sagte es, aber ich meinte es nicht so. Nun lasst ihn essen, ich will es ihm mit einer anderen Schalkheit vergelten.«

Und er ging mit der Frau und der Magd in das Haus des Nachbarn und wartete so lange, bis Eulenspiegel fertig war.

Eulenspiegel kochte das Essen gar, setzte es auf den Tisch, aß kräftig und füllte sich wieder nach, solange es ihm gut dünkte. Dann machte er die Tür auf und ließ sie offen stehen. Der Pfeifendreher kam mit seiner Frau und seiner Magd und sprach: »Das pflegen keine redlichen Leute zu tun, dass ein Gast vor dem Wirt die Tür abschließt, der ihn eingeladen hat.«

Da sagte Eulenspiegel: »Sollte ich das zu zweit tun, was ich allein machen sollte? Würde ich allein zu Gast gebeten und brächte ich dann noch mehr Gäste mit, das würde dem Hauswirt nicht gefallen.«

Mit diesen Worten ging er aus dem Haus. Der Pfeifenmacher sah ihm nach: »Nun, ich zahle es dir wieder heim, wie schalkhaftig du auch bist.«

Eulenspiegel sprach: »Wer es am besten kann, der sei der Meister.«

Da ging der Pfeifendreher alsbald zum Abdecker und sagte, in der Herberge sei ein redlicher Mann, der heiße Eulenspiegel. Dem sei ein Pferd gestorben, das solle er abholen; und er zeigte ihm das Haus. Der Abdecker sah, dass es der ihm bekannte Pfeifenmacher war, und er sagte ja, er wolle das tun. Er fuhr mit dem Schinderkarren vor die Herberge, die ihm der Pfeifendreher gezeigt hatte, und fragte nach Eulenspiegel. Dieser kam vor die Tür und fragte, was er wolle. Der Abdecker antwortete, der Pfeifenmacher sei bei ihm gewesen und habe ihm gesagt, dass Eulenspiegel ein Pferd gestorben sei; das solle er abholen. Und ob er Eulenspiegel heiße und ob sich das also verhalte?

Eulenspiegel kehrte sich um, zog seine Hosen herunter und riss den Arsch auf: »Sieh her und sag dem Pfeifendreher: wenn Eulenspiegel nicht in dieser Gasse sitzt, so weiß ich nicht, in welcher Straße er sonst ist.« Der Abdecker wurde zornig, fluchte und fuhr mit dem Schinderkarren vor des Pfeifenmachers Haus. Da ließ er den Karren stehen und verklagte ihn vor dem Rat, sodass der Pfeifendreher dem Abdecker zehn Gulden geben musste.

Eulenspiegel aber sattelte sein Pferd und ritt aus der Stadt.

Die siebenundsechzigste Historie sagt:
Wie Eulenspiegel von einer alten Bäuerin verspottet wurde, als er seine Tasche verloren hatte.

Vor alten Zeiten wohnte zu Gerdau im Lande Lüneburg ein Paar alter Leute, die an die 50 Jahre im ehelichen Stand miteinander gelebt hatten. Sie hatten schon große Kinder, die versorgt und verheiratet waren. Nun war dort zu der Zeit auf der Pfarrstelle ein ganz schlauer Pfaffe, der allzeit gern dabei war, wo man prasste und schlemmte. Dieser Pfaffe machte es mit seinen Pfarrkindern so: Wenigstens einmal im Jahr musste ihn jeder Bauer zu Gast haben und ihn samt seiner Magd einen Tag oder zwei verpflegen und aufs Beste bewirten.

Nun hatten die zwei alten Leute viele Jahre lang keine Kirchweih, Kindtaufe oder eine sonstige Gasterei abgehalten, auf der der Pfaffe schlemmen konnte. Das verdross ihn, und er dachte darüber nach, wie er den Bauern dazu brächte, dass er ihm eine Einladung schicke. Er sandte ihm einen Boten und ließ ihn fragen, wie lange er mit seiner Frau im ehelichen Stande gelebt habe. Der Bauer antwortete dem Pfarrer: »Lieber Herr Pfarrer, das ist so lange, dass ich es vergessen habe.«

Darauf antwortete der Pfarrer: »Das ist ein gefährlicher Zustand für euer Seelenheil. Wenn ihr 50 Jahre beieinander gewesen seid, so ist das Ehegelöbnis erloschen, wie das Gelübde eines Mönches in einem Kloster. Besprich das mit deiner Frau, komm dann zu mir und berichte mir über die Dinge, damit ich euch raten helfe zu eurer Seelen Seligkeit, wozu ich euch und allen meinen Pfarrkindern verpflichtet bin.«

Der Bauer tat dies und überlegte das mit seiner Frau, aber er konnte doch dem Pfarrer nicht genau die Zahl der Jahre ihres ehelichen Standes anzeigen. Sie kamen beide in großer Sorge zum Pfarrer, damit er ihnen in ihrer unwürdigen Lage einen guten Rat gäbe.

Der Pfarrer sagte: »Da ihr keine genaue Zahl wisst, so will ich euch aus Sorge um eure Seelen am nächsten Sonntag aufs Neue zusammengeben, damit ihr, falls ihr nicht mehr im ehelichen Stande seid, wieder hineinkommt. Und deshalb schlachtet einen guten Ochsen, ein Schaf und ein Schwein, bittet eure Kinder und guten Freunde zu eurem Mahl und bewirtet sie gut; ich will dann auch bei euch sein.«

»Ach ja, lieber Pfarrer, tut also! Es soll mir an einem Schock Hühner nicht liegen. Sollten wir so lange ehelich beieinander gewesen sein und jetzt außerhalb des ehelichen Standes leben, das wäre nicht gut.«

Damit ging der Bauer nach Hause und begann mit den Vorbereitungen. Der Pfarrer lud zu dem Fest etliche Prälaten und Pfaffen ein, mit denen er bekannt war. Unter ihnen war auch der Probst von Ebstorf, der allezeit ein gutes Pferd oder sogar zwei Pferde hatte und auch gerne beim Essen dabei war. Bei dem war Eulenspiegel eine Zeit lang gewesen, und der Probst sprach zu ihm: »Steige auf meinen jungen Hengst und reite mit, du sollst willkommen sein!«

Das tat Eulenspiegel. Als sie ankamen, aßen und tranken sie und waren fröhlich. Die alte Frau, die die Braut sein sollte, saß oben am Tisch, wo die Bräute zu sitzen pflegen. Als sie müde und abgespannt wurde, ließ man sie hinaus. Sie ging hinter ihren Hof an das Flüsschen Gerdau und setzte ihre Füße ins Wasser.

Währenddessen ritten der Probst und Eulenspiegel heim nach Ebstorf. Da machte Eulenspiegel auf dem jungen Hengst der »Braut« mit schönen Sprüngen den Hof und trieb das so lange, dass ihm seine Tasche und sein Gürtel, die man zu dieser Zeit zu tragen pflegte, von der Seite fielen. Als das die gute alte Frau sah, stand sie auf, nahm die Tasche, ging wieder zum Wasser und setzte sich auf die Tasche. Als Eulenspiegel eine Ackerlänge weitergeritten war, vermisste er seine Tasche. Er ritt kurzerhand wieder nach Gerdau und fragte die gute alte Bäuerin, ob sie nicht eine alte, raue Tasche gesehen oder gefunden habe. Die alte Frau sprach: »Ja, Freund, bei meiner Hochzeit bekam ich eine raue Tasche, die habe ich noch und sitze darauf. Ist es die?«

»Oho, das ist lange her, dass du eine Braut warst«, sprach Eulenspiegel. »Das muss jetzt notwendigerweise eine alte, rostige Tasche sein. Ich begehre deine alte Tasche nicht.«

Und so schalkhaft und listig Eulenspiegel sonst war, so wurde er dennoch von der alten Bäuerin genarrt und büßte seine Tasche ein.

Dieselben rauen Brauttaschen haben die Frauen in Gerdau heute noch. Ich glaube, dass dort die alten Witwen sie in Verwahrung haben. Wem etwas daran liegt, der mag dort danach fragen.

Die achtundsechzigste Historie sagt:
Wie Eulenspiegel bei Ülzen einen Bauern um ein grünes Londoner Tuch betrog und ihm einredete, es sei blau.

Gesottenes und Gebratenes wollte Eulenspiegel allezeit essen, darum musste er sehen, woher er das nahm. Einmal kam er auf den Jahrmarkt nach Ülzen, wohin auch viele Wenden und anderes Landvolk kamen. Da ging er hin und her und sah sich überall danach um, was dort zu tun oder zu schaffen sei. Unter anderem sah er, dass ein Landmann ein grünes Londoner Tuch kaufte und damit nach Hause wollte.

Da überlegte Eulenspiegel, wie er den Bauern um das Tuch betrügen könne, und fragte nach dem Dorf, wo der Bauer daheim war. Und er nahm einen Schottenpfaffen und einen anderen losen Gesellen mit sich und ging mit ihnen aus der Stadt auf den Weg, den der Bauer entlang kommen musste. Eulenspiegel machte einen Plan, was sie tun sollten, wenn der Bauer mit dem grünen Tuch käme, das blau sein sollte. Einer sollte immer eine halbe Ackerlänge Weges von dem anderen entfernt stadtwärts gehen.

Als der Bauer mit dem Tuch aus der Stadt kam und es heimtragen wollte, sprach ihn Eulenspiegel an, wo er das schöne, blaue Tuch gekauft habe. Der Bauer antwortete, es sei grün und nicht blau. Eulenspiegel sagte, das Tuch sei blau, darauf wolle er 20 Gulden setzen. Der nächste Mensch, der des Weges käme und der grün und blau unterscheiden könne, solle ihnen das sagen, damit sie sich einig werden könnten.

Dann gab Eulenspiegel dem ersten seiner Gesellen ein Zeichen zu kommen. Zu dem sprach der Bauer: »Freund, wir zwei sind uneinig über die Farbe dieses Tuches. Sag die

Wahrheit, ob dies grün oder blau ist. Was du sagst, dabei wollen wir es bewenden lassen.«

Da sagte der: »Das ist ein recht schönes, blaues Tuch.«

Der Bauer sprach: »Nein, ihr seid zwei Schälke. Ihr habt es vielleicht miteinander darauf angelegt, mich zu betrügen.«

Da sagte Eulenspiegel: »Wohlan, damit du siehst, dass ich recht habe, will ich nachgeben und es dem frommen Priester überlassen, der daherkommt; was er uns sagt, das soll entscheidend sein.«

Damit war auch der Bauer zufrieden.

Als der Pfaffe nähergekommen war, sprach Eulenspiegel: »Herr, sagt recht, welche Farbe hat dieses Tuch?«

Der Pfaffe sprach: »Freund, das seht Ihr wohl selber.«

Der Bauer sprach: »Ja, Herr, das ist wahr. Aber die beiden wollen mir etwas einreden, von dem ich weiß, dass es gelogen ist.«

Der Pfaffe sagte: »Was habe ich mit euerm Hader zu schaffen? Was frage ich danach, ob es schwarz oder weiß ist?«

»Ach, lieber Herr«, sagte der Bauer, »entscheidet zwischen uns, ich bitte Euch darum.«

»Wenn Ihr es haben wollt«, sprach der Pfaffe, »so kann ich nichts anderes erkennen, als dass das Tuch blau ist.«

»Hörst du das wohl?« sagte Eulenspiegel, »das Tuch ist mein.«

Der Bauer sprach: »Fürwahr, Herr, wenn Ihr nicht ein geweihter Priester wärt, so meinte ich, dass Ihr lügt und dass Ihr alle drei Schälke seid. Aber da Ihr Priester seid, muss ich Euch das glauben.«

Und er überließ Eulenspiegel und seinen Gesellen das Tuch, mit dem sie sich für den Winter einkleideten. Der Bauer musste in seinem zerrissenen Rock davongehen.

Die siebzigste Historie sagt:
Wie Eulenspiegel in Bremen von Landfrauen Milch kaufte und diese zusammenschüttete.

Seltsame und spaßhafte Dinge trieb Eulenspiegel in Bremen. Denn einst kam Eulenspiegel dort auf den Markt und sah, dass die Bäuerinnen viel Milch zu Markte brachten. Da wartete er einen neuen Markttag ab, als wieder viel Milch zusammen-kam. Er verschaffte sich eine große Bütte, setzte sie auf den Markt und kaufte alle Milch, die auf den Markt kam. Die Milch ließ er in die Bütte schütten.

Und er schrieb jeder Frau reihum die Menge Milch an, der einen so viel, der anderen so viel und so immer weiter. Zu den Frauen sagte er, sie möchten so lange warten, bis er die Milch beieinander habe; dann wolle er jeder Frau ihre Milch bezahlen. Die Frauen saßen auf dem Markt in einem Kreis um ihn herum.

Eulenspiegel kaufte so viel Milch, bis keine Frau mehr mit Milch kam und der Zuber beinahe voll war.

Da kam Eulenspiegel mit seinem Scherz heraus und sagte: »Ich habe diesmal kein Geld. Wer nicht vierzehn Tage warten will, mag die Milch wieder aus der Bütte nehmen.«

Damit ging er hinweg.

Die Bäuerinnen machten ein Geschrei und großen Lärm. Eine behauptete, sie habe so viel gehabt, die andere so viel, die dritte desgleichen, und so ging es weiter.

Darüber warfen und schlugen sich die Frauen mit den Eimern, Fässchen und Flaschen an die Köpfe. Sie gossen sich die Milch in die Augen und in die Kleider und schütteten sie auf die Erde, sodass es aussah, als habe es Milch geregnet.

Die Bürger und alle, die das sahen, lachten über den Spaß, dass die Frauen also zu Markte gingen. Und Eulenspiegel wurde sehr gelobt wegen seiner Schalkheit.

Die einundsiebzigste Historie sagt:
Wie Eulenspiegel 12 Blinden 12 Gulden gab, sodass sie meinten, sie könnten sie frei verzehren.

Als Eulenspiegel landauf und landab zog, kam er einmal wieder nach Hannover, und da trieb er viele seltsame Abenteuer. Eines Tages ritt er eine Ackerlänge Weges vor dem Tor spazieren. Da begegneten ihm zwölf Blinde. Als Eulenspiegel zu ihnen kam, sprach er: »Woher, ihr Blinden?«

Die Blinden blieben stehen, hörten, dass er auf einem Pferd saß, meinten, es sei ein ehrbarer Mann, zogen ihre Hüte und sagten: »Lieber Junker, wir sind in der Stadt gewesen.
Da ist ein reicher Mann gestorben, dem hielt man ein Seelamt und gab Spenden, und es war schrecklich kalt.«

Da sprach Eulenspiegel zu den Blinden: »Es ist wirklich sehr kalt, ich fürchte, ihr friert euch zu Tode. Seht her, hier habt ihr zwölf Gulden. Geht wieder hin in die Stadt, und zwar zu der Herberge, aus der ich geritten komme« — und er beschrieb

ihnen das Haus —, »und verzehrt diese zwölf Gulden um meinetwillen, bis dieser Winter vorbei ist und ihr wieder wandern könnt, ohne zu frieren.«

Die Blinden standen und verneigten sich und dankten ihm eifrig. Und der erste Blinde meinte, der zweite habe das Geld, der zweite meinte, der dritte habe es, der dritte meinte, der vierte habe es, und so fort bis zum letzten, der glaubte, der erste habe es. Also gingen sie in die Stadt zu der Herberge, wohin sie Eulenspiegel gewiesen hatte. Als sie in die Herberge kamen, sprachen die Blinden: Ein guter Mann sei an ihnen vorbeigeritten und habe ihnen aus Barmherzigkeit zwölf Gulden geschenkt. Die sollten sie um seinetwillen verzehren, bis der Winter vorüber sei. Der Wirt war gierig nach dem Gelde, nahm sie dafür auf und dachte nicht daran, sie zu fragen und nachzusehen, welcher Blinde die zwölf Gulden hatte. Er sprach: »Ja, meine lieben Brüder, ich will euch gut bewirten.«

Er schlachtete, bereitete zu und kochte für die Blinden und ließ sie so lange essen, bis ihn dünkte, dass sie zwölf Gulden verzehrt hätten. Da sprach er: »Liebe Brüder, wir wollen abrechnen, die zwölf Gulden sind fast ganz verzehrt.«

Die Blinden sagten ja, und jeder fragte den anderen, ob er die zwölf Gulden habe, damit der Wirt bezahlt würde. Der erste hatte die Gulden nicht, der zweite hatte sie auch nicht, der dritte wiederum nicht, der vierte desgleichen; der letzte wie der erste hatten die zwölf Gulden nicht.

Die Blinden seufzten und kratzten sich die Köpfe, denn sie waren betrogen, und der Wirt desgleichen. Er saß da und dachte: Lässt du die Blinden gehen, so wird dir die Kost nicht bezahlt; behältst du sie, so fressen und verzehren sie noch mehr, und da sie nichts haben, erleidest zu zweifachen Schaden.

So trieb er sie hinten in den Schweinestall, sperrte sie darin ein und legte ihnen Stroh und Heu vor.

Die zweiundsiebzigste Historie sagt:
Wie Eulenspiegel für die Blinden
einen Bürgen stellte.

Eulenspiegel dachte, es sei an der Zeit, dass die Blinden das Geld verzehrt hätten. Er verkleidete sich und ritt in die Stadt zu dem Wirt in die Herberge. Als er in den Hof kam und sein Pferd im Stall anbinden wollte, sah er, dass die Blinden im Schweinestall lagen. Da ging er ins Haus und sagte zum Wirt: »Herr Wirt, was denkt Ihr Euch dabei, dass die armen blinden Leute so im Stall liegen? Erbarmt es Euch nicht, dass sie essen, wovon ihnen Leib und Leben weh tut?«

Der Wirt sprach: »Ich wollte, sie wären dort, wo alle Wasser zusammenlaufen. Wenn nur meine Kost bezahlt wäre!«

Und er erzählte ihm alles, wie er mit den Blinden betrogen worden sei. Eulenspiegel sagte: »Wie ist es, Herr Wirt, können sie keinen Bürgen bekommen?«

Der Wirt dachte: O hätte ich jetzt einen Bürgen! und sprach: »Freund, könnte ich einen sicheren Bürgen bekommen, den nähme ich und ließe die unseligen Blinden laufen.«

Eulenspiegel sagte: »Wohlan, ich will in der Stadt herumhören und sehen, dass ich für Euch einen Bürgen finde.«

Da ging Eulenspiegel zum Pfarrer und sprach: »Lieber Herr Pfarrer, wollt Ihr wie ein guter Freund handeln? Mein hiesiger Wirt ist in dieser Nacht von einem bösen Geist besessen worden. Er lässt Euch bitten, ihm diesen wieder auszutreiben.«

Der Pfarrer sagte: »Ja, gern, aber er muss einen oder zwei Tage warten, solche Dinge kann man leicht übereilen.«

Eulenspiegel entgegnete: »Ich will gehen und seine Frau holen, damit Ihr es zu ihr selber sagt.«

Der Pfarrer sprach: »Ja, lass sie herkommen.«

Da ging Eulenspiegel wieder zu seinem Wirt und sagte zu ihm: »Ich habe Euch einen Bürgen besorgt, das ist Euer Pfarrer. Der will dafür gutsagen und Euch geben, was Ihr haben sollt. Lasst Eure Frau mit mir zu ihm gehen, er will ihr das zusagen.«

Der Wirt war damit einverstanden und froh darüber, und er sandte seine Frau mit Eulenspiegel zu dem Pfarrer. Da hob Eulenspiegel an: »Herr Pfarrer, hier ist die Frau. Sagt ihr nun selber, was Ihr mir zugesagt und gelobt habt!«

Der Pfarrer sprach: »Ja, meine liebe Frau, wartet einen Tag oder zwei, so will ich ihm helfen.«

Die Frau sagte ja, ging mit Eulenspiegel wieder nach Hause und sagte das ihrem Ehemann. Der Wirt war froh, ließ die Blinden gehen und sprach sie ihrer Schuld ledig.

Eulenspiegel aber machte sich reisefertig und verschwand unauffällig. Am dritten Tag ging die Frau zum Pfarrer und mahnte ihn wegen der zwölf Gulden, die die Blinden verzehrt hatten. Der Pfarrer sagte: »Liebe Frau, hat Euch Euer Mann das so geheißen?«

Die Frau bejahte. Da sprach der Pfarrer: »Das ist der bösen Geister Eigenschaft, dass sie Geld haben wollen.«

Die Frau sagte: »Das ist kein böser Geist; bezahlt ihm die Kost!«

Der Pfarrer sprach: »Mir ist gesagt worden, Euer Ehemann sei vom bösen Geist besessen. Holt mir ihn her, ich will ihn davon befreien mit Gottes Hilfe.«

Die Frau sagte: »Das pflegen Schälke zu tun, die zu Lügnern werden, wenn sie bezahlen sollen. Ist mein Mann vom bösen Geist gefangen, so sollst du das heute noch zu spüren bekommen.«

Und sie lief nach Hause und erzählte ihrem Ehemann, was der Pfarrer gesagt hatte. Der Wirt nahm Spieß und Hellebarde und lief damit zum Pfarrhof. Der Pfarrer wurde dessen gewahr, rief seine Nachbarn zu Hilfe, bekreuzigte sich und sprach: »Kommt mir zu Hilfe, meine lieben Nachbarn! Seht, dieser Mensch ist besessen von einem bösen Geist!«

Der Wirt sagte: »Pfaffe, gedenke deiner Worte und bezahle mich!«

Der Pfarrer stand und bekreuzigte sich wieder. Der Wirt wollte auf den Pfarrer einschlagen, die Bauern aber kamen dazwischen und konnten die beiden nur mit großer Mühe auseinanderbringen.

Und solange der Wirt und der Pfarrer lebten, mahnte der Wirt den Pfarrer wegen der Kosten. Der Pfarrer sprach, er sei ihm nichts schuldig, sondern der Wirt sei vom bösen Geist besessen, und er wolle ihn bald davon befreien. Das währte, solange die beiden lebten.

Die dreiundsiebzigste Historie sagt:
Wie Eulenspiegel in einer Stadt im Sachsenland Steine säte und, als er gefragt wurde, antwortete, er säe Schälke.

Bald danach kam Eulenspiegel in eine Stadt an der Weser und sah alle Händel unter den Bürgern und was ihre Vorhaben waren, sodass er alle ihre Handlungsweisen kennenlernte und wusste, wie es um ihr Geschäft und ihren Handel stand. Er hatte dort vierzehn Unterkünfte, und was er in dem einen Haus entlieh,

das fand er in dem andern wieder; und er hörte und sah bald nichts mehr, was er noch nicht wusste. Die Bürger wurden seiner überdrüssig, und er wurde ihrer auch müde.

Da sammelte er am Fluss kleine Steine. Damit ging er auf der Gasse vor dem Rathaus auf und ab und säte seine Saat nach beiden Seiten. Da kamen fremde Kaufleute hinzu und fragten ihn, was er säe.

Eulenspiegel sagte: »Ich säe Schälke.«

Die Kaufleute sprachen: »Die brauchst du hier nicht zu säen, davon gibt es hier jetzt mehr, als gut ist.«

Eulenspiegel sagte: »Das ist wahr, aber sie wohnen hier in den Häusern, sie sollten herauslaufen.«

Sie sprachen: »Warum säest du hier nicht auch redliche Leute?«

Eulenspiegel sagte: »Redliche Leute, die wollen hier nicht aufgehen.«

Diese Worte kamen vor den Rat. Man ließ Eulenspiegel holen und befahl ihm, seinen Samen wieder aufzusammeln und die Stadt zu verlassen. Das tat er, kam zehn Meilen von dort in eine andere Stadt und wollte mit der Saat nach Dithmarschen.

Aber die Gerüchte über ihn waren vor ihm in der Stadt angelangt. Er durfte nur in die Stadt kommen, wenn er gelobte, durch die Stadt mit seiner Saat hindurchzuziehen, ohne dort zu essen und zu trinken. Da es nun nicht anders sein konnte, mietete er ein Schifflein und wollte seinen Sack mit der Saat und seinem sonstigen Kram auf das Schiff heben lassen. Als der Sack aber von der Erde aufgewunden wurde, riss er mitten entzwei, und Saat und Sack blieben liegen.

Eulenspiegel lief hinweg und soll noch wiederkommen.

Die vierundsiebzigste Historie sagt: Wie ein Stiefelmacher in Braunschweig Eulenspiegels Stiefel spickte und Eulenspiegel ihm die Stubenfenster einstieß.

Christoffer hieß ein Stiefelmacher in Braunschweig auf dem Kohlmarkt. Zu dem ging Eulenspiegel und wollte seine Stiefel schmieren lassen. Als er nun zu dem Stiefelmacher in das Haus kam, sprach er: »Meister, wollt Ihr mir diese Stiefel spicken, dass ich sie am Montag wiederhaben kann?«

Der Meister sagte: »Ja, gern.«

Eulenspiegel ging wieder aus dem Haus und dachte an nichts Böses. Als er fort war, sagte der Geselle: »Meister, das war Eulenspiegel, der treibt mit jedermann seine Schalkheit. Wenn Ihr ihn das geheißen hättet, was er Euch geheißen hat, so täte er es wörtlich und ließe es nicht.«

Der Meister sprach: »Was hat er mich denn geheißen?«

Der Geselle sagte: »Er hieß Euch die Stiefel spicken und meinte schmieren. Nun würde ich sie nicht schmieren, sondern spicken, wie man die Braten spickt.«

Der Meister sprach: »Höre, das ist gut! Wir wollen tun, wie er uns geheißen hat.«

Er nahm Speck, schnitt ihn in Streifen und spickte damit die Stiefel mit einer Spicknadel wie einen Braten. Eulenspiegel kam am Montag und fragte, ob die Stiefel fertig seien. Der Meister hatte sie an einen Haken an die Wand gehängt, zeigte sie ihm und sagte: »Siehe, da hängen sie!«

Eulenspiegel sah, dass die Stiefel »gespickt« waren, fing an zu lachen und sprach: »Was seid Ihr für ein tüchtiger Meister! Ihr habt mir das so gemacht, wie ich es Euch geheißen habe. Was wollt Ihr dafür haben?«

Der Meister antwortete: »Einen alten Groschen.«

Eulenspiegel gab ihm den alten Groschen, nahm seine gespickten Stiefel und ging aus dem Haus. Der Meister und sein Geselle sahen und lachten ihm nach und sprachen zueinander: »Wie konnte ihm das geschehen? Nun ist er geäfft!«

Währenddessen stieß Eulenspiegel mit dem Kopf und den Schultern durch das Glasfenster, denn die Stube lag zu ebener

Erde und ging auf die Straße, und sprach zu dem Stiefelmacher: »Meister, was ist das für ein Speck, den Ihr zu meinen Stiefeln gebraucht habt? Ist es Speck von einer Sau oder von einem Eber?«

Der Meister und der Geselle waren ratlos. Schließlich sah der Meister, dass es Eulenspiegel war, der in dem Fenster lag und mit Kopf und Schultern die Butzenscheiben wohl zur Hälfte hinausstieß, sodass sie zu ihm in die Stube fielen. Da wurde der Stiefelmacher zornig und sagte: »Willst du Schurke das nicht lassen? Sonst will ich dir mit diesem Querholz vor den Kopf schlagen!«

Eulenspiegel sprach: »Lieber Meister, erzürnt Euch nicht, ich wüsste nur gern, was das für Speck ist, womit Ihr meine Stiefel gespickt habt. Ist er von einer Sau oder von einem Eber?«

Der Meister wurde noch zorniger und rief, er solle ihm seine Fenster unzerbrochen lassen.

»Wollt Ihr mir das nicht sagen, was es für Speck ist, so muss ich gehen und einen andern fragen.« Damit sprang Eulenspiegel wieder aus dem Fenster heraus.

Der Meister wurde nunmehr zornig auf seinen Gesellen und sprach zu ihm: »Den Rat hast du mir gegeben. Nun gib mir Rat, wie meine Fenster wieder ganz gemacht werden!«

Der Geselle schwieg. Der Meister aber war unwillig und sagte: »Wer hat nun den anderen genarrt? Ich habe alleweil gehört: Wer von Schalksleuten heimgesucht wird, der soll die Schlinge abschneiden und die Schälke gehen lassen. Hätte ich das auch getan, so wären meine Fenster ganz geblieben.«

Der Geselle musste darum wandern, denn der Meister wollte von ihm die Fenster bezahlt haben, weil er den Rat gegeben hatte, dass man die Stiefel »spicken« sollte.

Die achtundsiebzigste Historie sagt:
Wie Eulenspiegel in Eisleben einen Wirt
mit einem toten Wolf erschreckte, den er
zu fangen versprochen hatte.

In Eisleben wohnte ein spöttischer und stolzer Wirt. Der glaubte fest, dass er ein großer Gastwirt sei. Da kam Eulenspiegel in seine Herberge. Es war in den Wintertagen, und es lag viel Schnee. Dann kamen drei Kaufleute aus Sachsen, die nach Nürnberg wollten und bei finstrer Nacht in der Herberge eintrafen. Der Wirt war sehr redselig, hieß die drei Kaufleute mit schnell gesprochenen Worten willkommen und fragte, wo sie, zum Teufel, so lange gewesen seien, dass sie so spät zur Herberge kämen.

Die Kaufleute sprachen: »Herr Wirt, Ihr dürft nicht so mit uns zanken! Uns ist unterwegs ein Abenteuer widerfahren: Ein Wolf hat uns viel Ungemach zugefügt. Der begegnete uns im Schnee, sodass wir uns mit ihm herumschlagen mussten, das hielt uns so lange auf.«

Als der Wirt das hörte, spottete er über sie und sagte, es sei eine Schande, dass sie sich von einem Wolf aufhalten ließen. Und wenn er allein auf dem Feld sei und ihm zwei Wölfe begegneten, so wolle er sie schlagen und verjagen, davor solle ihm nicht grauen! Und sie seien zu dritt gewesen und hätten sich von einem Wolf erschrecken lassen! Es währte den ganzen Abend, dass der Wirt die Kaufleute verächtlich behandelte, bis sie zu Bett gingen. Eulenspiegel saß dabei und hörte sich das Gespött an. Als sie nun zu Bett gingen, wurden die Kaufleute und Eulenspiegel in eine Kammer gelegt. Da sprachen die Kaufleute untereinander, was sie tun könnten, um es dem Wirt heimzuzahlen und ihm den Mund zu stopfen. Denn sonst würde das Gespött kein Ende haben, wenn einer von ihnen wieder in die Herberge käme. Da sagte Eulenspiegel: »Liebe Freunde, ich merke wohl, dass der Wirt ein Aufschneider ist. Wollt Ihr auf mich hören, will ich es ihm so besorgen, dass er Euch nie mehr ein Wort von dem Wolf sagt.«

Den Kaufleuten gefiel das wohl, und sie versprachen, ihm Zehrung und Geld zu geben. Da sprach Eulenspiegel, sie sollten hinreiten zu ihren Geschäften und auf der Rückreise wieder zu dieser Herberge kommen. Er wolle auch da sein, und dann wollten sie an dem Wirt Vergeltung üben.

Das geschah. Als die Kaufleute reisefertig waren, bezahlten sie ihre und Eulenspiegels Zeche und ritten aus der Herberge. Der Wirt rief den Kaufleuten spöttisch nach: »Ihr Kaufleute, seht zu, dass Euch kein Wolf auf der Wiese begegnet!«

Die Kaufleute sprachen: »Herr Wirt, habt Dank, dass Ihr uns warnt! Fressen uns die Wölfe, so kommen wir nicht wieder, und fressen Euch die Wölfe, so finden wir Euch nicht mehr hier.« Damit ritten sie hinweg.

Da ritt Eulenspiegel in den Wald und stellte den Wölfen nach. Und Gott gab ihm das Glück, dass er einen fing. Den tötete er und ließ ihn hart frieren. Zu der Zeit, als die Kaufleute wieder nach Eisleben in die Herberge kommen wollten, tat Eulenspiegel den toten Wolf in einen Sack und ritt wieder nach Eisleben. Dort fand er die drei Kaufleute, wie sie verabredet hatten. Von Eulenspiegels Wolf wusste niemand etwas.

Abends während des Essens spottete der Wirt wieder über die Kaufleute wegen des Wolfs. Sie sagten, ihnen sei es eben mit dem Wolf so ergangen; wenn ihm zwei Wölfe auf der Wiese begegneten, würde er sich dann eines Wolfes zuerst erwehren und hernach den anderen erschlagen? Der Wirt sprach große Worte, wie er zwei Wölfe in Stücke schlagen wolle. Das ging so den ganzen Abend, bis sie zu Bett gehen wollten. Eulenspiegel schwieg so lange still, bis er zu den Kaufleuten in die Kammer kam. Dann sagte er zu ihnen: »Gute Freunde, seid still und wacht! Was ich will, das wollt ihr auch. Lasst mir ein Licht brennen!«

Als nun der Wirt mit all seinem Gesinde zu Bett war, schlich Eulenspiegel leise aus der Kammer und holte den toten, hart gefrorenen Wolf. Er trug ihn an den Herd, unterstellte ihn mit Stecken, sodass er aufrecht stand, und sperrte ihm das Maul weit auf.

Dann steckte er ihm zwei Kinderschuhe ins Maul, ging wieder zu den Kaufleuten in die Kammer und rief laut: »Herr Wirt!«

Der Wirt hörte das, denn er war noch nicht einge- schlafen, und rief zurück, was sie wollten und ob sie etwa wieder ein Wolf beißen wolle. Da riefen sie: »Ach, lieber Herr Wirt, sendet uns die Magd oder den Knecht, um uns etwas zu trin- ken zu bringen! Wir sterben vor Durst!«

Der Wirt wurde zornig und sprach: »Das ist der Sachsen Art, die saufen Tag und Nacht!« Und er rief die Magd, sie möge aufstehen und den Kaufleuten etwas zum Trinken in die Kammer bringen. Die Magd stand auf, ging zum Feuer und wollte ein Licht anzünden. Da sah sie hoch und schaute dem Wolf gerade ins Maul. Sie erschrak, ließ das Licht fallen, lief in den Hof und meinte nichts anderes, als dass der Wolf die Kinder schon aufgefressen habe. Eulenspiegel und die Kaufleute aber riefen weiter nach etwas zum Trinken. Der Wirt glaubte, die Magd sei wieder eingeschlafen, und rief den Knecht. Der Knecht stand auf und wollte auch ein Licht anzünden. Da sah auch er den Wolf dastehen und meinte, er habe die Magd gefressen, ließ das Licht fallen und lief in den Keller. Eulenspiegel und die Kaufleute hörten, was geschah, und Eulenspiegel sagte: »Seid guter Dinge, das Spiel will heute gut werden!«

Die Kaufleute und Eulenspiegel riefen zum dritten Male, wo der Knecht und die Magd blieben, weil sie ihnen nichts zu trinken brächten; der Wirt solle doch selber kommen und ein Licht bringen; sie könnten im Dunkeln nicht aus der Kammer kommen, sonst wollten sie wohl selbst hinuntergehen.

Der Wirt meinte nichts anderes, als dass der Knecht auch eingeschlafen sei, stand auf, wurde zornig und sprach: »Hat der Teufel die Sachsen gemacht mit ihrem Saufen?«

Er entzündete ein Licht beim Feuer und sah den Wolf am Herd stehen mit den Schuhen im Maul. Da fing er an zu schreien und rief: »Mordenio! Rettet Euch, liebe Freunde!«

Und er lief zu den Kaufleuten, die in der Kammer waren, und rief: »Liebe Freunde, kommt mir zur Hilfe, ein schreckliches Tier steht beim Feuer und hat mir die Kinder, die Magd und den Knecht aufgefressen!«

Die Kaufleute und Eulenspiegel waren sofort bereit und gingen mit dem Wirt zum Feuer. Der Knecht kam aus dem Keller,

die Magd aus dem Hof, und die Frau brachte die Kinder aus der Kammer, sodass man sah, dass sie noch alle lebten. Eulenspiegel ging herzu und stieß den Wolf mit dem Fuß um. Der lag da und rührte kein Glied.

Eulenspiegel sagte: »Das ist ein toter Wolf. Macht Ihr deswegen so ein Geschrei? Was seid Ihr für ein Angsthase! Beißt Euch ein toter Wolf in Eurem Haus und jagt Euch und all Euer Gesinde in die Ecken? Vor noch nicht langer Zeit wolltet Ihr zwei lebendige Wölfe auf dem Feld erschlagen. Aber Ihr habt nur in Worten, was mancher im Sinn hat.«

Der Wirt hörte und merkte, dass er genarrt worden war, und ging in die Kammer zu Bett. Er schämte sich seiner großen Worte, und dass ein toter Wolf ihn und all sein Gesinde in Schrecken versetzt hatte.

Die Kaufleute waren lustig, lachten und bezahlten, was sie und Eulenspiegel verzehrt hatten. Dann ritten sie von dannen. Und nach dieser Zeit sagte der Wirt nicht mehr so viel über seine Mannhaftigkeit.

Die achtzigste Historie sagt: Wie Eulenspiegel den Wirt mit dem Klang des Geldes bezahlte.

Lange Zeit blieb Eulenspiegel in Köln in der Herberge. Einmal begab es sich, dass man das Essen so spät zum Feuer brachte, dass es später Mittag wurde, ehe die Kost fertig war. Eulenspiegel verdross es sehr, dass er so lange fasten sollte. Der Wirt sah es ihm wohl an, dass es ihn verdross, und er sprach zu ihm: Wer nicht warten könne, bis die Kost zubereitet sei, der möge essen, was er habe. Eulenspiegel ging in eine Ecke und aß eine trockene Semmel auf. Dann setzte er sich an den Herd und beträufelte den Braten, bis er gar war.

Als es zwölf schlug, wurde der Tisch gedeckt, und das Essen wurde gebracht. Der Wirt setzte sich zu den Gästen, aber Eulenspiegel blieb in der Küche am Herd.

Der Wirt sprach: »Wie, Eulenspiegel, willst du nicht mit am Tisch sitzen?«

»Nein«, sagte er, »ich mag nichts mehr essen, ich bin durch den Geruch des Bratens satt geworden.«

Der Wirt schwieg und aß mit den Gästen, die nach dem Essen ihre Zeche bezahlten. Der eine ging fort, der andere blieb, und Eulenspiegel saß beim Feuer. Da kam der Wirt mit dem Zahlbrett, war zornig und sprach zu Eulenspiegel, er möge zwei kölnische Großßpfennige für das Mahl darauflegen.

Eulenspiegel sagte: »Herr Wirt, seid Ihr ein solcher Mann, dass Ihr Geld von einem nehmt, der Eure Speise gar nicht gegessen hat?«

Der Wirt sprach feindlich, er müsse das Geld geben. Habe Eulenspiegel auch nichts gegessen, so sei er doch von dem Geruch satt geworden. Er habe bei dem Braten gesessen, das sei soviel, als habe er an der Tafel gesessen und habe gegessen. Das müsse er ihm für eine Mahlzeit anrechnen.

Da zog Eulenspiegel einen kölnischen Großpfennig hervor, warf ihn auf die Bank und sprach: »Herr Wirt, hört Ihr diesen Klang?«

Der Wirt sagte: »Diesen Klang höre ich wohl.«

Eulenspiegel nahm den Großpfennig schnell wieder auf, steckte ihn in seinen Säckel und sprach: »Soviel Euch der Klang dieser Münze hilft, soviel hilft mir der Geruch des Bratens in meinem Bauch.«

Der Wirt wurde unwirsch, denn er wollte den Großpfennig haben, aber Eulenspiegel wollte ihn nicht hergeben und das Gericht entscheiden lassen. Der Wirt gab es auf und wollte nicht vor Gericht. Er befürchtete, dass Eulenspiegel es ihm heimzahlen würde, ließ ihn im Guten fortgehen und schenkte ihm die Zeche.

Eulenspiegel zog von dannen, wanderte fort vom Rhein und zog wieder ins Land der Sachsen.

Die siebenundachtzigste Historie sagt:
Wie Eulenspiegel eine Frau auf dem Markt zu Bremen dazu brachte, all ihre Töpfe zu zerschlagen.

Als Eulenspiegel diese Schalkheit vollbracht hatte, reiste er wieder nach Bremen zum Bischof. Der hatte Eulenspiegel gern und hatte auch viel Kurzweil mit ihm. Allezeit richtete ihm Eulenspiegel ein scherzhaftes Abenteuer her, sodass der Bischof lachte und ihm sein Pferd kostfrei hielt. Da tat Eulenspiegel so, als ob er der Narrenstreiche müde sei und lieber in die Kirche gehen wolle. Deshalb verspottete ihn der Bischof sehr, aber Eulenspiegel kehrte sich nicht daran und ging beten, sodass ihn der Bischof zuletzt bis aufs äußerste reizte.

Nun hatte sich Eulenspiegel heimlich mit einer Frau verabredet, die die Frau eines Töpfers war. Sie saß auf dem Markt und hielt Töpfe feil. Die Töpfe bezahlte er der Frau allesamt und vereinbarte mit ihr, was sie tun solle, wenn er ihr winkte oder ein Zeichen gäbe.

Dann kam Eulenspiegel wieder zum Bischof und tat so, als sei er in der Kirche gewesen. Der Bischof überfiel ihn wieder mit seinem Spott. Schließlich sprach Eulenspiegel zum Bischof: »Gnädiger Herr, kommt mit mir auf den Markt! Da sitzt eine Töpfersfrau mit irdenem Geschirr. Ich will mit Euch wetten: Ich werde weder mit ihr sprechen noch ihr mit den Augen einen Wink geben. Ohne Worte werde ich sie dahin bringen, dass sie aufsteht, einen Stecken nimmt und die irdenen Töpfe alle selbst entzweischlägt.«

Der Bischof sprach: »Es gelüstet mich wohl, das zu sehen.« Und er wollte mit ihm um 30 Gulden wetten, dass die Frau das nicht täte. Die Wette wurde durch Handschlag bekräftigt, und der Bischof ging mit Eulenspiegel auf den Markt. Eulenspiegel zeigte ihm die Frau, und dann gingen sie auf das Rathaus. Eulenspiegel blieb bei dem Bischof und machte Gebärden mit Worten und Zeichen, als ob er die Frau dazu bringen wollte, dass sie das Gesagte tue. Zuletzt gab er der Frau das verabredete Zeichen. Da stand sie auf, nahm einen Stecken und schlug die irdenen Töpfe sämtlich entzwei, sodass alle Leute darüber lachten, die auf dem Markt waren.

Als der Bischof wieder in seinen Hof kam, nahm er Eulenspiegel beiseite und forderte ihn auf, ihm zu sagen, wie er das gemacht habe, dass die Frau ihr eigenes Geschirr entzweischlug. Dann wolle er ihm die dreißig Gulden geben, die er in der Wette verloren habe.

Eulenspiegel sagte: »Ja, gnädiger Herr, gern.«

Und er erzählte ihm, wie er zuerst die Töpfe bezahlt und es mit der Frau verabredet hatte; mit der schwarzen Kunst habe er es nicht getan, und er berichtete ihm alles. Da lachte der Bischof und gab ihm die dreißig Gulden. Doch musste Eulenspiegel ihm

geloben, dass er es niemandem weitersagen wolle. Dafür wollte ihm der Bischof zusätzlich einen fetten Ochsen geben. Eulenspiegel sagte ja, er wolle das gern verschweigen, machte sich reisefertig und zog von dannen.

Als Eulenspiegel fort war, saß der Bischof mit seinen Rittern und Knechten bei Tisch und sagte ihnen, auch er verstünde die Kunst, die Frau dazu zu bringen, dass sie alle ihre Töpfe entzweischlüge.

Die Ritter und Knechte begehrten nicht zu sehen, dass sie die Töpfe zerschlug, sondern wollten nur die Kunst wissen. Der Bischof sprach: »Will mir jeder von euch einen guten, fetten Ochsen für meine Küche geben, so will ich euch alle die Kunst lehren.«

Das war im Herbst, wenn die Ochsen fett sind, und jeder dachte: Du solltest ein paar Ochsen wagen – sie werden dich nicht hart treffen –, damit du die Kunst lernst. Und jeder Ritter und Knecht bot dem Bischof einen fetten Ochsen.

Sie brachten sie zusammen, sodass der Bischof sechzehn Ochsen bekam. Ein jeder Ochse war vier Gulden wert, sodass die dreißig Gulden, die er Eulenspiegel gegeben hatte, zweifach bezahlt waren.

Als die Ochsen beieinander standen, kam Eulenspiegel dahergeritten und sprach: »Von dieser Beute gehört mir die Hälfte.«

Der Bischof sagte zu Eulenspiegel: »Halt du mir, was du mir gelobt hast; ich will dir auch halten, was ich dir gelobt habe. Lass deinen Herren auch ihr Brot!«

Und er gab ihm einen fetten Ochsen. Den nahm Eulenspiegel und dankte dem Bischof.

Danach versammelte der Bischof seine Diener um sich. Er hob an und sprach, sie sollten ihm zuhören, er wolle ihnen jetzt die Kunst sagen. Und er erzählte ihnen alles: Wie sich Eulen-

spiegel zuvor mit der Frau verabredet und wie er ihr die Töpfe vorher bezahlt hatte.

Als das der Bischof gesagt hatte, saßen alle seine Diener da, als ob sie mit einer List betrogen worden wären. Aber keiner von ihnen wagte es, vor dem anderen etwas zu reden. Der eine kratzte sich den Kopf, der andere den Nacken. Der Handel reute sie allesamt, denn sie ärgerten sich alle wegen ihrer Ochsen.

Schließlich aber mussten sie sich zufriedengeben und trösteten sich damit, dass der Bischof ihr gnädiger Herr sei. Wenn sie ihm auch die Ochsen gegeben hatten, so blieben sie dabei, es sei alles im Scherz geschehen.

Aber sie ärgerte nichts so sehr daran, als dass sie so große Toren gewesen waren und ihre Ochsen für eine solch wertlose Kunst hingegeben hatten. Und dass Eulenspiegel auch einen Ochsen bekommen hatte!

Die neunundachtzigste Historie sagt:
Wie Eulenspiegel in Mariental die
Mönche in der Messe zählte.

Zu der Zeit, als Eulenspiegel alle Lande durchlaufen hatte und alt und verdrossen geworden war, kam ihn eine Galgenreue an. Er gedachte, in ein Kloster einzutreten, arm wie er war, seine ihm noch verbliebene Zeit geduldig zu ertragen und Gott sein ferneres Leben zu dienen für seine Sünden, damit er nicht verloren sei, wenn Gott über ihn gebőte. So kam er in dieser Absicht zu dem Abt von Mariental und bat ihn, dass er ihn als Mitbruder aufnehme, er wolle dem Kloster all das Seine hinterlassen. Der Abt war Narren wohl gesonnen und sagte: »Du bist noch gut bei Kräften, ich will dich gerne aufnehmen, wie du gebeten hast. Aber du musst etwas tun und ein Amt übernehmen, denn du siehst, dass meine Brüder und ich alle etwas zu tun haben, und jedem ist etwas befohlen.«

Eulenspiegel sprach: »Ja, Herr, gern.«

»Wohlan in Gottes Namen«, sagte der Abt, »du arbeitest nicht gern, du sollst unser Pförtner sein. Da bleibst du in deinem Gemach und brauchst dich um nichts weiter zu kümmern, als Kost und Bier aus dem Keller zu holen und die Pforte auf- und zuzuschließen.«

Eulenspiegel sagte: »Würdiger Herr, das vergelte Euch Gott, dass Ihr mich alten, kranken Mann so wohl bedenket! Ich will auch alles tun, was Ihr mich heißet, und alles lassen, was Ihr mir verbietet.«

Der Abt sprach: »Sieh, hier ist der Schlüssel! Du sollst aber nicht jedermann einlassen, sondern nur jeden Dritten oder Vierten lass hereinkommen! Denn wenn du zu viele einlässt, so fressen sie das Kloster arm.«

Eulenspiegel sagte: »Würdiger Herr, ich will es Euch recht tun.«

Und von allen, die da kamen, ob sie ins Kloster gehörten oder nicht, ließ er immer nur den Vierten ein und nicht mehr. Darüber wurde vor dem Abt Klage geführt.

Der sagte zu Eulenspiegel: »Du bist ein auserlesener Schalk! Willst du die nicht hereinlassen, die hier hereingehören?«

»Herr«, sagte Eulenspiegel, »jeden Vierten habe ich hereingelassen, wie Ihr mich geheißen habt, und nicht mehr. Damit habe ich Euer Gebot vollbracht.«

»Du hast gehandelt wie ein Schalk«, sprach der Abt und wäre ihn gern wieder losgeworden. Und er setzte einen anderen Beschließer ein, denn er merkte wohl, dass Eulenspiegel von seiner alten Sinnesart nicht lassen konnte.

Da gab er ihm ein anderes Amt und sagte: »Sieh, du sollst die Mönche nachts in der Messe zählen. Und wenn du einen übersiehst, so musst du weiterwandern.«

Eulenspiegel sprach: »Das ist für mich schwer zu tun, doch wenn es nicht anders sein kann, muss ich es machen, damit das Beste daraus werden mag.«

Und des Nachts brach er einige Stufen aus der Treppe. Nun war der Prior ein guter, frommer, alter Mönch und allezeit der erste in der Messe. Der kam still zur Treppe, und als er glaubte, auf die Stufen zu treten, trat er durch und brach sich ein Bein. Er schrie jämmerlich, sodass die anderen Brüder hinzuliefen und sehen wollten, was mit ihm war. Da fiel einer nach dem anderen die Treppe herab.

Eulenspiegel sprach zu dem Abt: »Würdiger Herr, habe ich nun mein Amt richtig versehen? Ich habe die Mönche alle gezählt.«

Und er gab ihm das Kerbholz, in das er sie alle geschnitten hatte, als einer nach dem andern herunterfiel.

Der Abt sprach: »Du hast gezählt wie ein verworfener Schalk! Geh mir aus meinem Kloster und lauf zum Teufel, wohin du willst.« Also kam Eulenspiegel nach Mölln, da wurde er von Krankheit befallen, sodass er kurz danach starb.

Die neunzigste Historie sagt:
Wie Eulenspiegel in Mölln krank wurde, dem Apotheker in die Büchse schiss, in den »Heiligen Geist« gebracht wurde und seiner Mutter ein süßes Wort zusprach.

Elend und sehr krank wurde Eulenspiegel, als er von Mariental nach Mölln kam. Da zog er zu dem Apotheker in die Herberge, um der Arznei willen. Nun war der Apotheker dort auch ein wenig schalkhaftig und listig und gab Eulenspiegel ein scharfes Abführmittel. Als es auf den Morgen zuging, begann das Abführmittel zu wirken, und Eulenspiegel stand auf und wollte seines Kotes ledig werden. Das Haus war jedoch allenthalben verschlossen, und ihm wurde angst und bange. Er kam in das Apothekenzimmer, schiss in eine Büchse und sprach: »Hier kam die Arznei heraus, hier muss sie wieder hinein. So verliert auch der Apotheker nichts, ich kann ihm ja doch kein Geld geben.«

Als das der Apotheker merkte, fluchte er Eulenspiegel und wollte ihn nicht länger im Hause haben. Er ließ ihn in das Spital »Zum Heiligen Geist« bringen. Da sagte Eulenspiegel zu den Leuten, die ihn hinbrachten: »Ich habe sehr danach getrachtet und Gott allezeit gebeten, der Heilige Geist möge in mich kommen. Jetzt schickt Gott mir das Gegenteil: Ich komme in den Heiligen Geist. Er bleibt außer mir und ich komme in ihn.«

Die Leute lachten über seine Worte und gingen fort.

Und wie eines Menschen Leben ist, so ist auch sein Ende. Es wurde seiner Mutter kundgetan, dass er krank sei. Die war bald zur Reise gerüstet, kam zu ihm und glaubte, von ihm Geld zu erhalten, denn sie war eine alte, arme Frau.

Als sie zu ihm kam, begann sie zu weinen und sprach: »Mein lieber Sohn, wo bist du krank?«

Eulenspiegel sagte: »Hier zwischen der Bettstelle und der Wand!«

»Ach, lieber Sohn, sag mir doch ein süßes Wort!«

Eulenspiegel sprach: »Liebe Mutter, Honig, das ist ein süßes Wort.«

Die Mutter sagte: »Ach, lieber Sohn, gib mir doch noch eine gute Lehre, bei der ich deiner gedenken kann.«

Eulenspiegel sprach: »Ja, liebe Mutter, wenn du deine Notdurft verrichten willst, kehre den Arsch von dem Winde weg, dann kommt dir der Gestank nicht in die Nase.«

Die Mutter sagte: »Lieber Sohn, gib mir doch etwas von deinem Gut!«

Eulenspiegel sprach: »Liebe Mutter, wer nichts hat, dem soll man geben, und wer etwas hat, dem soll man etwas nehmen. Mein Gut ist verborgen, sodass niemand etwas davon weiß. Findest du etwas, was mir gehört, so magst du es nehmen; ich gebe dir von meiner Habe alles, was krumm und was gerade ist.«

Unterdessen wurde Eulenspiegel sehr krank, sodass die Leute ihm zuredeten, er solle beichten und das Abendmahl nehmen. Eulenspiegel willigte darein, denn er merkte wohl, dass er von diesem Lager nicht mehr aufstehen werde.

Die zweiundneunzigste Historie sagt:
Wie Eulenspiegel sein Testament machte und ein Pfaffe dabei seine Hände besudelte.

Merkt euch, geistliche und weltliche Personen, dass ihr eure Hände nicht an Testamenten verunreinigt, wie es bei Eulenspiegels Testament geschah! Ein Pfaffe wurde zu Eulenspiegel gebracht, ihm die Beichte abzunehmen. Als er nun zu Eulenspiegel kam, da dachte der Pfaffe bei sich: Er ist ein abenteuerlicher Mensch gewesen und hat damit viel Geld zusammengebracht; es kann nicht fehlen, er muss eine bedeutende Summe Geldes haben; die solltest du ihm abnehmen, da es mit ihm zu Ende geht, vielleicht bekommst du auch etwas davon.

Als nun Eulenspiegel dem Pfaffen zu beichten begann und sie ins Gespräch kamen, sagte unter anderem der Pfaffe zu ihm: »Eulenspiegel, mein lieber Sohn, bedenkt Eurer Seele Seligkeit bei Eurem Ende! Ihr seid ein abenteuerlicher Gesell gewesen und habt viele Sünden begangen. Die bereuet jetzt! Und habt Ihr etwas Geld: Ich würde das zur Ehre Gottes geben und auch armen Priestern, wie ich einer bin. Das rate ich Euch, denn es ist nicht immer ehrlich gewonnen. Und wenn Ihr solches tun wollt, mir das offenbart und mir dieses Geld gebt: Ich will es dann einrichten, dass Ihr damit in die Ehre Gottes kommt. Und wollt Ihr mir selbst auch etwas geben, so werde ich Euer all mein Lebtag gedenken und für Euch Totengebete und Seelenmessen lesen.«

Eulenspiegel sagte: »Ja, mein Lieber, ich will Euer gedenken. Kommt nachmittags wieder, ich will Euch selbst ein Stück Gold in die Hand geben. Dessen könnt Ihr gewiss sein.«

Der Pfaffe war froh und kam nach dem Mittag wieder gelaufen. Und während er fort war, nahm Eulenspiegel eine

Kanne, die füllte er halb voll mit Menschendreck. Darauf legte er ein wenig Geld, sodass das Geld den Dreck bedeckte.

Als der Pfaffe wiederkam, sprach er: »Mein lieber Eulenspiegel, ich bin hier. Wollt ihr mir nun etwas geben, wie Ihr es mir versprochen habt, so will ich es in Empfang nehmen.«

Eulenspiegel sagte: »Ja, lieber Herr, wenn Ihr bescheiden zugreift und nicht gierig sein wollt, so will ich Euch einen Griff aus dieser Kanne gestatten, damit Ihr meiner gedenken sollt.«

Der Pfaffe sprach: »Ich will es nach Eurem Willen tun und hineingreifen, so wenig ich kann.«

Da machte Eulenspiegel die Kanne auf und sagte: »Seht hin, lieber Herr, die Kanne ist ganz voll Geld. Tastet hinein und nehmt Euch daraus eine Handvoll, aber greifet nicht zu tief!«

Der Pfaffe sagte ja, und ihm wurde ganz feierlich zumute. Die Habgier verführte ihn, er griff mit der Hand in die Kanne und wollte eine gute Handvoll greifen. Als er mit der Hand in die Kanne fuhr, merkte er, dass es nass und weich unter dem Gelde war. Schnell zog er die Hand wieder zurück, aber die war schon bis zu den Knöcheln mit Dreck besudelt.

Da sprach der Pfaffe zu Eulenspiegel: »O, was bist du für ein hinterhältiger Schalk! Du betrügst mich noch in deinen letzten Stunden, da du schon auf deinem Totenbette liegst! Da dürfen sich diejenigen nicht beklagen, die du in deinen jungen Tagen betrogen hast.« Eulenspiegel sagte: »Lieber Herr, ich warnte Euch, Ihr solltet nicht zu tief greifen! Verführte Euch nun Eure Gier und beachtetet Ihr meine Warnung nicht, so ist das nicht meine Schuld.« Der Pfaffe sprach: »Du bist ein Schalk, auserlesen aus allen Schälken! Du konntest dich in Lübeck vom Galgen reden, so antwortest du wohl jetzt auch mir.«

Und er ging und ließ Eulenspiegel liegen. Eulenspiegel rief ihm nach, er möge warten und das Geld mit sich nehmen. Aber der Pfaffe wollte nicht hören.

Die dreiundneunzigste Historie sagt:
Wie Eulenspiegel sein Gut in drei Teilen vergab: einen Teil seinen Freunden, einen Teil dem Rat von Mölln und einen Teil dem Pfarrer daselbst.

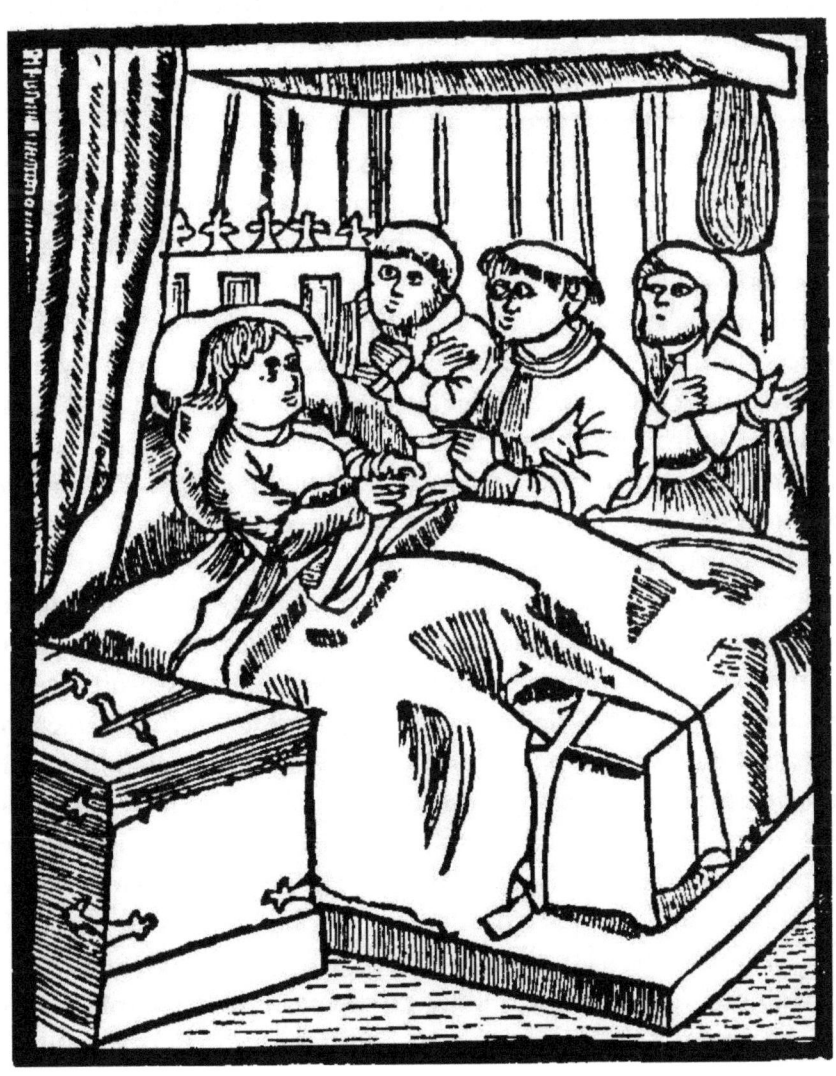

Als Eulenspiegel immer kränker wurde, setzte er sein Testament auf und vergab sein Gut in drei Teilen: einen Teil seinen Freunden, einen Teil dem Rat von Mölln und einen Teil dem Kirchherrn von Mölln. Er gab dazu jedoch folgende Weisung: Wenn Gott der Herr über ihn geböte und er stürbe, so solle man seinen Leichnam in geweihter Erde begraben und für seine Seele sorgen mit vielen Totengebeten und Seelenmessen nach christlicher Ordnung und Gewohnheit. Und nach vier Wochen sollten sie einhellig den Inhalt der schönen Kiste, die er ihnen zeigte, wohl verwahrt mit kostbaren Schlüsseln – und sie sei noch erst aufzuschließen –, untereinander teilen und sich gütlich darüber einigen. Das nahmen die drei Parteien an, und Eulenspiegel starb.

Als nun alle Dinge nach dem Wortlaut des Testaments vollbracht und die vier Wochen abgelaufen waren, kamen der Rat, der Kirchherr und Eulenspiegels Freunde und öffneten die Kiste, um den hinterlassenen Schatz zu teilen. Als sie geöffnet war, fand man nichts anderes darin als Steine. Einer sah den anderen an, und alle wurden zornig. Der Pfarrer meinte: Da der Rat die Kiste in Verwahrung genommen habe, habe er den Schatz heimlich herausgenommen und die Kiste wieder zugeschlossen. Der Rat meinte: Die Freunde hätten den Schatz während seiner Krankheit herausgenommen und die Kiste mit Steinen wieder gefüllt. Und die Freunde meinten: Die Pfaffen hätten den Schatz heimlich davongetragen, als Eulenspiegel beichtete und jedermann hinausgegangen war. Also schieden sie in Unfrieden voneinander. Da wollten der Kirchherr und der Rat Eulenspiegel wieder ausgraben lassen. Als sie zu graben begannen, war er schon so verwest, dass niemand bei ihm bleiben wollte. Da machten sie das Grab wieder zu, und Eulenspiegel blieb in seinem Grab liegen. Und zu seinem Gedächtnis wurde ein Stein auf sein Grab gesetzt, den man noch heute sieht.

Die vierundneunzigste Historie sagt:
Wie Eulenspiegel starb und die Schweine während der Totenfeier seine Bahre umwarfen, sodass er herunterfiel.

Nachdem Eulenspiegel seinen Geist aufgegeben hatte, kamen die Leute in das Spital, beweinten ihn und legten seinen Sarg in die Diele auf eine Bahre. Die Pfaffen kamen, wollten ihm Totengebete singen und fingen damit an. Da kam die Sau des Spitals mit ihren Ferkeln, ging unter die Bahre und begann, sich daran zu kratzen, sodass Eulenspiegel von der Bahre fiel. Die Frauen und die Pfaffen wollten die Sau mit den Ferkeln wieder zur Tür hinausjagen, aber die Sau war störrisch und wollte sich nicht vertreiben lassen. Die Sau und die jungen Ferkel liefen kreuz und quer im Spital umher, sie sprangen und rannten über die Pfaffen hinweg, über die Beginen, über die Kranken und Gesunden und über den Sarg, in dem Eulenspiegel lag.

Davon erhob sich ein Gerufe und Geschrei von den alten Beginen, sodass die Pfaffen die Geräte für die Totenfeier stehen ließen und zur Tür hinausliefen. Die anderen verjagten zuletzt die Sau mit ihren Ferkeln.

Da kamen die Beginen und legten den Sarg wieder auf die Bahre. Aber dabei kam Eulenspiegel umgekehrt zu liegen, sodass er den Bauch gegen die Erde und den Rücken nach oben kehrte. Als die Pfaffen weggingen, sprachen sie: Wenn die Beginen ihn begraben wollten, so hätten sie nichts dagegen; sie aber würden nicht wiederkommen. Also nahmen die Beginen Eulenspiegel und trugen ihn auf den Kirchhof – verkehrt herum, da er auf dem Bauch lag, weil der Sarg umgedreht war. So setzten sie ihn am Grab nieder.

Da kamen die Pfaffen doch zurück und sprachen, welchen Rat sie auch dazu geben würden, wie man ihn begraben solle, er würde doch nicht wie die anderen Christenmenschen im Grab liegen wollen. Dabei wurden sie gewahr, dass der Sarg umgedreht war und dass Eulenspiegel auf dem Bauch lag. Da begannen sie zu lachen und sagten: »Er zeigt selber, dass er verkehrt liegen will. Danach wollen wir handeln.«

Die fünfundneunzigste Historie sagt:
Wie Eulenspiegel begraben wurde
und im Grab stehenblieb.

Bei Eulenspiegels Begräbnis ging es wunderlich zu. Denn als sie alle auf dem Kirchhof um den Sarg standen, in dem Eulenspiegel lag, legten sie ihn auf die beiden Seile und wollten ihn in das Grab senken. Da riss das Seil, das am Fußende war, und der Sarg schoss in das Grab, sodass Eulenspiegel in dem Sarg auf die Füße zu stehen kam. Da sprachen alle, die dabeistanden: »Lasst ihn stehen! Wunderlich ist er gewesen in seinem Leben, wunderlich will er auch sein in seinem Tod.« Also warfen sie das Grab zu und ließen ihn aufrecht auf den Füßen stehen. Und sie setzten ihm einen Stein oben auf das Grab. Auf die eine Hälfte hieben sie eine Eule und einen Spiegel, den die Eule in ihren Klauen hält, und schrieben oben auf den Stein:
>»Disen Stein sol nieman erhaben.
>Hie stat Ulenspiegel begraben.
>Anno domini MCCCL jar.«

Hinweise auf die Historizität der Figur

In den vergangenen 200 Jahren wurden immer wieder Belege für die tatsächliche Existenz der historischen Person Till Eulenspiegel gesucht. Nach der Überlieferung wurde Till Eulenspiegel im Jahr 1290 oder 1300 in Kneitlingen am Elm geboren und in dem Nachbardorf Ampleben in der Schlosskapelle seines Taufpaten Till von Uetze getauft. Die Taufe soll von dem Abt Arnold Pfaffenmeyer (oder Papenmeyer) des Aegidienklosters vollzogen worden sein. »In der ersten Historie heißt es: „Bei dem wald Melme genannt, in dem land zuo Sachsen, in dem Dorf Knetlingen, da ward Ulnspiegel geborn, und sein Vater hieß Claus Ulnspiegel und sein Mutter Ann Witcken.«

Der Eulenspiegel-Forscher Bernd Ulrich Hucker fand in einem Braunschweiger Urkundenbuch einen Beleg, dass 1339 ein Thile van Cletlinge (Kneitlingen) mit vier anderen Angehörigen des niederen Adels aus dem Harzvorland wegen Straßenraubes inhaftiert war. Um 1350 gab es in Kneitlingen drei verarmte Linien dieser Adelsfamilie.

Hucker führte auch den Indizienbeweis, dass es in Mölln eine historische Kristallisationsfigur namens »Tilo dictus Ulenspegel« gegeben habe, die dort 1350 starb.

Die Möllner bewahrten sein Heergewäte (Ausrüstung eines Kriegers) und feierten noch Ende des 16. Jahrhunderts sein Jahrgedächtnis. Außerdem gab es eine Grabstätte und einen Vorläufer des heutigen Eulenspiegel-«Grabsteins«.

Dieser Vorläufer und ein durch Abzeichnung überliefertes Gemälde im Möllner Rathaus stammen aus dem 15. Jahrhundert, wie die Möllner Eulenspiegeltradition überhaupt älter als die ältesten Eulenspiegeldrucke und unabhängig von der dort anzutreffenden Gestaltung des Stoffes ist.

Zitiert aus: https://de.wikipedia.org/wiki/Till_Eulenspiegel

Glossar

Abtritt – einfacher Abort, Toilette

Begine – Angehörige einer klösterlich lebenden, aber nicht durch Gelübde gebundenen Gemeinschaft

Bütte – großes, hölzernes, wannenartiges Gefäß

Columneser – ein italienisches Geschlecht

Falbe – Pferd mit hellem Körper, dunklem Langhaar und dunklen Wildfarbigkeitsabzeichen

geäfft – getäuscht, irregeführt

Kohlenquaste – getränkter Quast zum Ablöschen der Kohle

Londoner Tuch – im Mittelalter wegen der Qualität besonders begehrter Artikel

Pedell – Hausmeister einer Schule oder Hochschule

Psalter – Buch der Psalmen im Alten Testament

Schinderkarren – Karren des Schinders, des Abdeckers für den Transport der abzudeckenden Tiere

Schock – Anzahl von 60 Stück; Haufen

Schottenpfaffe – schottischer Pfarrer

Weinzäpfer – höherer Beamter, Verwalter des Ratsweinkellers

Wende – Angehöriger eines westslawischen Volkes

Zehrung – etwas zum Essen, besonders auf einer Reise

Bildnachweis

Seite 2, 5, 7, 10, 11, 14, 16, 17, 19, 20, 25, 30, 34, 41, 49, 53, 57, 65, 71, 82, 89, 93, 96, 98, 100, 108, 115, 121, 126, 131, 133, 135: Holzschnitte der Straßburger Ausgabe von 1515

Seite 6, 8, 21, 27, 29, 31, 34, 39, 45, 80, 101, 103: Liebig-Bilderserie zu Till Eulenspiegel

Seite 13, 23, 35, 61, 77, 79: Farbillustrationen von Oskar Herrfurth (1862–1934)

Seite 33, 37, 47 Farbbilder und Seite 55, 59, 69, 85, 102, 106, 117, 123, 136: Bleistiftzeichnungen von Walter Trier (1890–1951) aus »Till Eulenspiegel, Ein kurzweilig Lesen, wie er sein Leben vollbracht hat«, von Paul Benndorf, Abel & Müller Verlag, Leipzig, 1920

Seite 67, 111: Farbillustrationen aus: »A Picture-book of Merry Tales«, Bosworth and Harrison, London, 1860

Seite 138, 146: Postkarten vom Eulenspiegel-Grabstein Mölln

Inhalt

Till Eulenspiegels Grabstein in Mölln i. Lbg.

Anno 1350 is düsse sten upgehaven / Tille Ulenspegel
ligt hirunder begraven / Marcket wol und dencket
dran / Wat ick gewest si up erden / All de hir voräver
gan / Moten mi glick werden

Leseproben und Bestellung auf www.alfa-veda.com

Wilhelm Hauff

Das kalte Herz

Scherenschnitte von Alfred Thon

Alfa-Veda

Joseph von Eichendorff

Aus dem Leben eines Taugenichts

Scherenschnitte von Alfred Thon

Alfa-Veda

Hans Christian Andersen

Der Glückspeter

Mit Scherenschnitten von Alfred Thon

Alfa-Veda

Theodor Storm

Pole Poppenspäler

Mit Scherenschnitten von Alfred Thon

Alfa-Veda

Leseproben und Bestellung auf www.alfa-veda.com